D0628553

= ort

= sceau

76, 17, 78

ğeneve

v + pre
259

faire accusatif

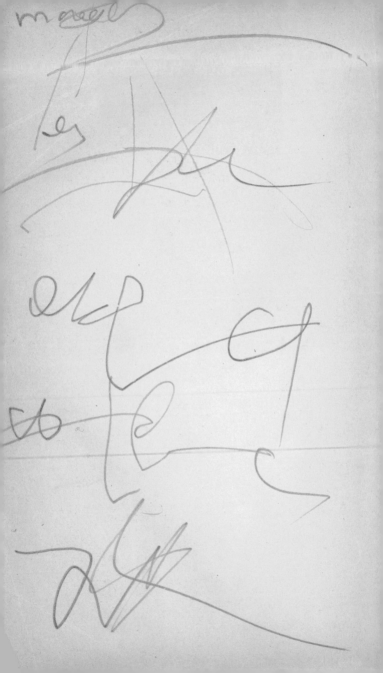

Albert Camus

L'étranger

Gallimard

PREMIÈRE PARTIE

I

Aujourd'hui, maman est morte. Ou peut-être hier, je ne sais pas. J'ai reçu un télégramme de l'asile : « Mère décédée. Enterrement demain. Sentiments distingués. » Cela ne veut rien dire. C'était peut-être hier.

L'asile de vieillards est à Marengo, à quatre-vingts kilomètres d'Alger. Je prendrai l'autobus à deux heures et j'arriverai dans l'après-midi. Ainsi, je pourrai veiller et je rentrerai demain soir. J'ai demandé deux jours de congé à mon patron et il ne pouvait pas me les refuser avec une excuse pareille. Mais il n'avait pas l'air content. Je lui ai même dit : « Ce n'est pas de ma faute. » Il n'a pas répondu. J'ai pensé alors que je n'aurais pas dû lui dire cela. En somme, je n'avais pas à m'excuser. C'était plutôt à lui de me présenter ses condoléances. Mais il le fera sans doute après-demain, quand il me verra en deuil. Pour le moment, c'est un peu comme si maman n'était pas morte. Après l'enterrement, au contraire, ce sera une affaire classée et tout aura revêtu une allure plus officielle.

J'ai pris l'autobus à deux heures. Il faisait très chaud. J'ai mangé au restaurant, chez Céleste,

9

comme d'habitude. Ils avaient tous beaucoup de peine pour moi et Céleste m'a dit : « On n'a qu'une mère. » Quand je suis parti, ils m'ont accompagné à la porte. J'étais un peu étourdi parce qu'il a fallu que je monte chez Emmanuel pour lui emprunter une cravate noire et un brassard. Il a perdu son oncle, il y a quelques mois.

J'ai couru pour ne pas manquer le départ. Cette hâte, cette course, c'est à cause de tout cela sans doute, ajouté aux cahots, à l'odeur d'essence, à la réverbération de la route et du ciel, que je me suis assoupi. J'ai dormi pendant presque tout le trajet. Et quand je me suis réveillé, j'étais tassé contre un militaire qui m'a souri et qui m'a demandé si je venais de loin. J'ai dit « oui » pour n'avoir plus à parler.

L'asile est à deux kilomètres du village. J'ai fait le chemin à pied. J'ai voulu voir maman tout de suite. Mais le concierge m'a dit qu'il fallait que je rencontre le directeur. Comme il était occupé, j'ai attendu un peu. Pendant tout ce temps, le concierge a parlé et ensuite, j'ai vu le directeur : il m'a reçu dans son bureau. C'est un petit vieux, avec la Légion d'honneur. Il m'a regardé de ses yeux clairs. Puis il m'a serré la main qu'il a gardée si longtemps que je ne savais trop comment la retirer. Il a consulté un dossier et m'a dit : « Mme Meursault est entrée ici il y a trois ans. Vous étiez son seul soutien. » J'ai cru qu'il me reprochait quelque chose et j'ai commencé à lui expliquer. Mais il m'a interrompu : « Vous n'avez pas à vous justifier, mon cher enfant. J'ai lu le dossier de votre mère. Vous ne pouviez subvenir à ses besoins. Il lui fallait une garde. Vos salaires sont modestes. Et tout compte fait, elle était plus heureuse ici. » J'ai dit : « Oui, monsieur le Directeur. » Il a ajouté : « Vous savez, elle avait des amis, des gens de son âge. Elle pouvait partager avec eux des intérêts qui sont d'un autre temps. Vous êtes jeune et elle devait s'ennuyer avec vous. »

C'était vrai. Quand elle était à la maison, maman passait son temps à me suivre des yeux en silence. Dans les premiers jours où elle était à l'asile, elle pleurait souvent. Mais c'était à cause de l'habitude. Au bout de quelques mois, elle aurait pleuré si on l'avait retirée de l'asile. Toujours à cause de l'habitude. C'est un peu pour cela que dans la dernière année je n'y suis presque plus allé. Et aussi parce que cela me prenait mon dimanche — sans compter l'effort pour aller à l'autobus, prendre des tickets et faire deux heures de route.

Le directeur m'a encore parlé. Mais je ne l'écoutais presque plus. Puis il m'a dit : « Je suppose que vous voulez voir votre mère. » Je me suis levé sans rien dire et il m'a précédé vers la porte. Dans l'escalier, il m'a expliqué : « Nous l'avons transportée dans notre petite morgue. Pour ne pas impressionner les autres. Chaque fois qu'un pensionnaire meurt, les autres sont nerveux pendant deux ou trois jours. Et ça rend le service difficile. » Nous avons traversé une cour où il y avait beaucoup de vieillards, bavardant par petits groupes. Ils se taisaient quand nous passions. Et derrière nous, les conversations reprenaient. On aurait dit d'un jacassement assourdi de perruches. À la porte d'un petit bâtiment, le directeur m'a quitté . « Je vous laisse, monsieur Meursault. Je suis à votre disposition dans mon bureau. En principe, l'enterrement est fixé à dix heures du matin. Nous avons pensé que vous pourrez ainsi veiller la disparue. Un dernier mot : votre mère a, paraît-il, exprimé souvent à ses compagnons le désir d'être enterrée religieusement. J'ai pris sur moi de faire le nécessaire. Mais je voulais vous en informer. » Je l'ai remercié. Maman, sans être athée, n'avait jamais pensé de son vivant à la religion.

Je suis entré. C'était une salle très claire, blanchie à la chaux et recouverte d'une verrière. Elle était meublée de chaises et de chevalets en forme de X. Deux d'entre eux, au centre, supportaient une bière recouverte de son couvercle. On voyait seulement des vis brillantes, à peine enfoncées, se détacher sur les planches passées au brou de noix. Près de la bière, il y avait une infirmière arabe en sarrau blanc un foulard de couleur vive sur la tête.

À ce moment, le concierge est entré derrière mon dos. Il avait dû courir. Il a bégayé un peu : « On l'a couverte, mais je dois dévisser la bière pour que vous puissiez la voir. » Il s'approchait de la bière quand je l'ai arrêté. Il m'a dit : « Vous ne voulez pas ? » J'ai répondu : « Non. » Il s'est interrompu et j'étais gêné parce que je sentais que je n'aurais pas dû dire cela. Au bout d'un moment, il m'a regardé et il m'a demandé : « Pourquoi ? » mais sans reproche, comme s'il s'informait. J'ai dit : « Je ne sais pas. » Alors, tortillant sa moustache blanche, il a déclaré sans me regarder : « Je comprends. » Il avait de beaux yeux, bleu clair, et un teint un peu rouge. Il m'a donné une chaise et lui-même s'est assis un peu en arrière de moi. La garde s'est levée et s'est dirigée vers la sortie. À ce moment, le concierge m'a dit : « C'est un chancre qu'elle a. » Comme je ne comprenais pas, j'ai regardé l'infirmière et j'ai vu qu'elle portait sous les yeux un bandeau qui faisait le tour de la tête. À la hauteur du nez, le bandeau était plat. On ne voyait que la blancheur du bandeau dans son visage.

Quand elle est partie, le concierge a parlé : « Je

vais vous laisser seul. » Je ne sais pas quel geste j'ai fait, mais il est resté, debout derrière moi. Cette présence dans mon dos me gênait. La pièce était pleine d'une belle lumière de fin d'après-midi. Deux frelons bourdonnaient contre la verrière. Et je sentais le sommeil me gagner. J'ai dit au concierge, sans me retourner vers lui : « Il y a longtemps que vous êtes là ? » Immédiatement, il a répondu : « Cinq ans » — comme s'il avait attendu depuis toujours ma demande.

Ensuite, il a beaucoup bavardé. On l'aurait bien étonné en lui disant qu'il finirait concierge à l'asile de Marengo. Il avait soixante-quatre ans et il était parisien. À ce moment je l'ai interrompu : « Ah ! vous n'êtes pas d'ici ? » Puis je me suis souvenu qu'avant de me conduire chez le directeur, il m'avait parlé de maman. Il m'avait dit qu'il fallait l'enterrer très vite, parce que dans la plaine il faisait chaud, surtout dans ce pays. C'est alors qu'il m'avait appris qu'il avait vécu à Paris et qu'il avait du mal à l'oublier. À Paris, on reste avec le mort trois, quatre jours quelquefois. Ici on n'a pas le temps, on ne s'est pas fait à l'idée que déjà il faut courir derrière le corbillard. Sa femme lui avait dit alors : « Tais-toi, ce ne sont pas des choses à raconter à monsieur. » Le vieux avait rougi et s'était excusé. J'étais intervenu pour dire « Mais non. Mais non. » Je trouvais ce qu'il racontait juste et intéressant.

Dans la petite morgue, il m'a appris qu'il était entré à l'asile comme indigent. Comme il se sentait valide, il s'était proposé pour cette place de concierge. Je lui ai fait remarquer qu'en somme il était un pensionnaire. Il m'a dit que non. J'avais déjà été frappé par la façon qu'il avait de dire : « ils » « les autres », et plus rarement « les vieux », en par-

13

lant des pensionnaires dont certains n'étaient pas plus âgés que lui. Mais naturellement, ce n'était pas la même chose. Lui était concierge, et, dans une certaine mesure, il avait des droits sur eux.

La garde est entrée à ce moment. Le soir était tombé brusquement. Très vite, la nuit s'était épaissie au-dessus de la verrière. Le concierge a tourné le commutateur et j'ai été aveuglé par l'éclaboussement soudain de la lumière. Il m'a invité à me rendre au réfectoire pour dîner. Mais je n'avais pas faim. Il m'a offert alors d'apporter une tasse de café au lait. Comme j'aime beaucoup le café au lait, j'ai accepté et il est revenu un moment après avec un plateau. J'ai bu. J'ai eu alors envie de fumer. Mais j'ai hésité parce que je ne savais pas si je pouvais le faire devant maman. J'ai réfléchi, cela n'avait aucune importance. J'ai offert une cigarette au concierge et nous avons fumé.

À un moment, il m'a dit : « Vous savez, les amis de Madame votre mère vont venir la veiller aussi. C'est la coutume. Il faut que j'aille chercher des chaises et du café noir. » Je lui ai demandé si on pouvait éteindre une des lampes. L'éclat de la lumière sur les murs blancs me fatiguait. Il m'a dit que ce n'était pas possible. L'installation était ainsi faite : c'était tout ou rien. Je n'ai plus beaucoup fait attention à lui. Il est sorti, est revenu, a disposé des chaises. Sur l'une d'elles, il a empilé des tasses autour d'une cafetière. Puis il s'est assis en face de moi, de l'autre côté de maman. La garde était aussi au fond, le dos tourné. Je ne voyais pas ce qu'elle faisait. Mais au mouvement de ses bras, je pouvais croire qu'elle tricotait. Il faisait doux, le café m'avait réchauffé et par la porte ouverte entrait une odeur de nuit et de fleurs. Je crois que j'ai somnolé un peu.

C'est un frôlement qui m'a réveillé. D'avoir fermé les yeux, la pièce m'a paru encore plus éclatante de blancheur. Devant moi, il n'y avait pas une ombre et chaque objet, chaque angle, toutes les courbes se dessinaient avec une pureté blessante pour les yeux. C'est à ce moment que les amis de maman sont entrés. Ils étaient en tout une dizaine, et ils glissaient en silence dans cette lumière aveuglante. Ils se sont assis sans qu'aucune chaise grinçât. Je les voyais comme je n'ai jamais vu personne et pas un détail de leurs visages ou de leurs habits ne m'échappait. Pourtant je ne les entendais pas et j'avais peine à croire à leur réalité. Presque toutes les femmes portaient un tablier et le cordon qui les serrait à la taille faisait encore ressortir leur ventre bombé. Je n'avais encore jamais remarqué à quel point les vieilles femmes pouvaient avoir du ventre. Les hommes étaient presque tous très maigres et tenaient des cannes. Ce qui me frappait dans leurs visages, c'est que je ne voyais pas leurs yeux, mais seulement une lueur sans éclat au milieu d'un nid de rides. Lorsqu'ils se sont assis, la plupart m'ont regardé et ont hoché la tête avec gêne, les lèvres toutes mangées par leur bouche sans dents, sans que je puisse savoir s'ils me saluaient ou s'il s'agissait d'un tic. Je crois plutôt qu'ils me saluaient. C'est à ce moment que je me suis aperçu qu'ils étaient tous assis en face de moi à dodeliner de la tête, autour du concierge. J'ai eu un moment l'impression ridicule qu'ils étaient là pour me juger.

Peu après, une des femmes s'est mise à pleurer. Elle était au second rang, cachée par une de ses compagnes, et je la voyais mal. Elle pleurait à petits cris, régulièrement : il me semblait qu'elle ne s'arrêterait jamais. Les autres avaient l'air de ne pas l'entendre. Ils étaient affaissés, mornes et silencieux. Ils regardaient la bière ou leur canne, ou n'importe quoi, mais ils ne regardaient que cela. La femme pleurait toujours. J'étais très étonné parce que je ne la connaissais pas. J'aurais voulu ne plus l'entendre. Pourtant je n'osais pas le lui dire. Le concierge s'est penché vers elle, lui a parlé, mais elle a secoué la tête, a bredouillé quelque chose, et a continué de pleurer avec la même régularité. Le concierge est venu alors de mon côté. Il s'est assis près de moi. Après un assez long moment, il m'a renseigné sans me regarder : « Elle était très liée avec madame votre mère. Elle dit que c'était sa seule amie ici et que maintenant elle n'a plus personne. »

Nous sommes restés un long moment ainsi. Les soupirs et les sanglots de la femme se faisaient plus rares. Elle reniflait beaucoup. Elle s'est tue enfin. Je n'avais plus sommeil, mais j'étais fatigué et les reins me faisaient mal. À présent c'était le silence de tous ces gens qui m'était pénible. De temps en temps seulement, j'entendais un bruit singulier et je ne pouvais comprendre ce qu'il était. À la longue, j'ai fini par deviner que quelques-uns d'entre les vieillards suçaient l'intérieur de leurs joues et laissaient échapper ces clappements bizarres. Ils ne s'en apercevaient pas tant ils étaient absorbés dans leurs pensées. J'avais même l'impression que cette morte, couchée au milieu d'eux, ne signifiait rien à leurs yeux. Mais je crois maintenant que c'était une impression fausse.

Nous avons tous pris du café, servi par le concierge. Ensuite, je ne sais plus. La nuit a passé. Je me souviens qu'à un moment j'ai ouvert les yeux et j'ai vu que les vieillards dormaient tassés sur eux-mêmes, à l'exception d'un seul qui, le menton sur le dos de ses mains agrippées à la canne, me regardait fixement comme s'il n'attendait que mon réveil. Puis j'ai encore dormi. Je me suis réveillé parce que j'avais de plus en plus mal aux reins. Le jour glissait sur la verrière. Peu après, l'un des vieillards s'est réveillé et il a beaucoup toussé. Il crachait dans un grand mouchoir à carreaux et chacun de ses crachats était comme un arrachement. Il a réveillé les autres et le concierge a dit qu'ils devraient partir. Ils se sont levés. Cette veille incommode leur avait fait des visages de cendre. En sortant, et à mon grand étonnement, ils m'ont tous serré la main — comme si cette nuit où nous n'avions pas échangé un mot avait accru notre intimité.

J'étais fatigué. Le concierge m'a conduit chez lui et j'ai pu faire un peu de toilette. J'ai encore pris du café au lait qui était très bon. Quand je suis sorti, le jour était complètement levé. Au-dessus des collines qui séparent Marengo de la mer, le ciel était plein de rougeurs. Et le vent qui passait au-dessus d'elles apportait ici une odeur de sel. C'était une belle journée qui se préparait. Il y avait longtemps que j'étais allé à la campagne et je sentais quel plaisir j'aurais pris à me promener s'il n'y avait pas eu maman.

Mais j'ai attendu dans la cour, sous un platane. Je respirais l'odeur de la terre fraîche et je n'avais plus sommeil. J'ai pensé aux collègues du bureau. À cette heure, ils se levaient pour aller au travail : pour moi c'était toujours l'heure la plus difficile. J'ai encore réfléchi un peu à ces choses, mais j'ai été distrait par une cloche qui sonnait à l'intérieur des bâtiments. Il y a eu du remue-ménage derrière les fenêtres, puis tout s'est calmé. Le soleil était monté un peu plus dans le ciel : il commençait à chauffer mes pieds. Le concierge a traversé la cour et m'a dit que le directeur me demandait. Je suis allé dans son bureau. Il m'a fait signer un certain nombre de pièces. J'ai vu qu'il était habillé de noir avec un pantalon rayé. Il a pris le téléphone en main et il m'a interpellé : « Les employés des pompes funèbres sont là depuis un moment. Je vais leur demander de venir fermer la bière. Voulez-vous auparavant voir votre mère une dernière fois ? » J'ai dit non. Il a ordonné dans le téléphone en baissant la voix : « Figeac, dites aux hommes qu'ils peuvent aller. »

Ensuite il m'a dit qu'il assisterait à l'enterrement et je l'ai remercié. Il s'est assis derrière son bureau, il a croisé ses petites jambes. Il m'a averti que moi et lui serions seuls, avec l'infirmière de service. En principe, les pensionnaires ne devaient pas assister aux enterrements. Il les laissait seulement veiller : « C'est une question d'humanité », a-t-il remarqué. Mais en l'espèce, il avait accordé l'autorisation de suivre le convoi à un vieil ami de maman : « Thomas Pérez. » Ici, le directeur a souri. Il m'a dit : « Vous comprenez, c'est un sentiment un peu puéril. Mais lui et votre mère ne se quittaient guère. À l'asile, on les plaisantait, on disait à Pérez : « C'est votre fiancée. » Lui riait. Ça leur faisait plaisir. Et le fait est que la mort de Mme Meursault l'a beaucoup affecté. Je n'ai pas cru devoir lui refuser l'autorisation. Mais sur le conseil du médecin visiteur, je lui ai interdit la veillée d'hier. »

Nous sommes restés silencieux assez longtemps. Le directeur s'est levé et a regardé par la fenêtre de son bureau. À un moment, il a observé : « Voilà déjà le curé de Marengo. Il est en avance. » Il m'a prévenu qu'il faudrait au moins trois quarts d'heure de marche pour aller à l'église qui est au village même. Nous sommes descendus. Devant le bâtiment, il y

18

avait le curé et deux enfants de chœur. L'un de ceux-ci tenait un encensoir et le prêtre se baissait vers lui pour régler la longueur de la chaîne d'argent. Quand nous sommes arrivés, le prêtre s'est relevé. Il m'a appelé « mon fils » et m'a dit quelques mots. Il est entré ; je l'ai suivi.

J'ai vu d'un coup que les vis de la bière étaient enfoncées et qu'il y avait quatre hommes noirs dans la pièce. J'ai entendu en même temps le directeur me dire que la voiture attendait sur la route et le prêtre commencer ses prières. À partir de ce moment, tout est allé très vite. Les hommes se sont avancés vers la bière avec un drap. Le prêtre, ses suivants, le directeur et moi-même sommes sortis. Devant la porte, il y avait une dame que je ne connaissais pas : « M. Meursault », a dit le directeur. Je n'ai pas entendu le nom de cette dame et j'ai compris seulement qu'elle était infirmière déléguée. Elle a incliné sans un sourire son visage osseux et long. Puis nous nous sommes rangés pour laisser passer le corps. Nous avons suivi les porteurs et nous sommes sortis de l'asile. Devant la porte, il y avait la voiture. Vernie, oblongue et brillante, elle faisait penser à un plumier. À côté d'elle il y avait l'ordonnateur, petit homme aux habits ridicules, et un vieillard à l'allure empruntée. J'ai compris que c'était M. Pérez. Il avait un feutre mou à la calotte ronde et aux ailes larges (il l'a ôté quand la bière a passé la porte), un costume dont le pantalon tire-bouchonnait sur les souliers et un nœud d'étoffe noire trop petit pour sa chemise à grand col blanc. Ses lèvres tremblaient au-dessous d'un nez truffé de points noirs. Ses cheveux blancs assez fins laissaient passer de curieuses oreilles ballantes et mal ourlées dont la couleur rouge sang dans ce visage blafard me frappa.

19

L'ordonnateur nous donna nos places. Le curé marchait en avant, puis la voiture. Autour d'elle, les quatre hommes. Derrière, le directeur, moi-même et, fermant la marche, l'infirmière déléguée et M. Pérez.

Le ciel était déjà plein de soleil. Il commençait à peser sur la terre et la chaleur augmentait rapidement. Je ne sais pas pourquoi nous avons attendu assez longtemps avant de nous mettre en marche. J'avais chaud sous mes vêtements sombres. Le petit vieux, qui s'était recouvert, a de nouveau ôté son chapeau. Je m'étais un peu tourné de son côté, et je le regardais lorsque le directeur m'a parlé de lui. Il m'a dit que souvent ma mère et M. Pérez allaient se promener le soir jusqu'au village, accompagnés d'une infirmière. Je regardais la campagne autour de moi. À travers les lignes de cyprès qui menaient aux collines près du ciel, cette terre rousse et verte, ces maisons rares et bien dessinées, je comprenais maman. Le soir, dans ce pays, devait être comme une trêve mélancolique. Aujourd'hui, le soleil débordant qui faisait tressaillir le paysage le rendait inhumain et déprimant.

Nous nous sommes mis en marche. C'est à ce moment que je me suis aperçu que Pérez claudiquait légèrement. La voiture, peu à peu, prenait de la vitesse et le vieillard perdait du terrain. L'un des hommes qui entouraient la voiture s'était laissé dépasser aussi et marchait maintenant à mon niveau. J'étais surpris de la rapidité avec laquelle le soleil montait dans le ciel. Je me suis aperçu qu'il y avait déjà longtemps que la campagne bourdonnait du chant des insectes et de crépitements d'herbe. La sueur coulait sur mes joues. Comme je n'avais pas de chapeau, je m'éventais avec mon mouchoir. L'employé des pompes funèbres m'a dit alors quelque chose que je n'ai pas entendu. En même temps, il s'essuyait le crâne avec un mouchoir qu'il tenait dans sa main gauche, la main droite soulevant le bord de sa casquette. Je lui ai dit : « Comment ? » Il a répété en montrant le ciel : « Ça tape. » J'ai dit : « Oui. » Un peu après, il m'a demandé : « C'est votre mère qui est là ? » J'ai encore dit : « Oui. » « Elle était vieille ? » J'ai répondu : « Comme ça », parce que je ne savais pas le chiffre exact. Ensuite, il s'est tu. Je me suis retourné et j'ai vu le vieux Pérez à une cinquantaine de mètres derrière nous. Il se hâtait en balançant son feutre à bout de bras. J'ai regardé aussi le directeur. Il marchait avec beaucoup de dignité, sans un geste inutile. Quelques gouttes de sueur perlaient sur son front, mais il ne les essuyait pas.

Il me semblait que le convoi marchait un peu plus vite. Autour de moi c'était toujours la même campagne lumineuse gorgée de soleil. L'éclat du ciel était insoutenable. À un moment donné, nous sommes passés sur une partie de la route qui avait été récemment refaite. Le soleil avait fait éclater le goudron. Les pieds y enfonçaient et laissaient ouverte sa pulpe brillante. Au-dessus de la voiture, le chapeau du cocher, en cuir bouilli, semblait avoir été pétri dans cette boue noire. J'étais un peu perdu entre le ciel bleu et blanc et la monotonie de ces couleurs, noir gluant du goudron ouvert, noir terne des habits, noir laqué de la voiture. Tout cela, le soleil, l'odeur de cuir et de crottin de la voiture, celle du vernis et celle de l'encens, la fatigue d'une nuit d'insomnie, me troublait le regard et les idées. Je me suis retourné une fois de plus : Pérez m'a paru très loin, perdu dans une nuée de chaleur, puis je ne l'ai plus aperçu. Je l'ai cherché du regard et j'ai vu qu'il avait quitté la route et pris à travers champs. J'ai constaté aussi que devant moi la route tournait. J'ai compris que Pérez qui connaissait le pays coupait au plus court pour nous rattraper. Au tournant il nous avait rejoints. Puis nous l'avons perdu. Il a repris encore à travers champs et comme cela plusieurs fois. Moi, je sentais le sang qui me battait aux tempes.

Tout s'est passé ensuite avec tant de précipitation, de certitude et de naturel, que je ne me souviens plus de rien. Une chose seulement : à l'entrée du village, l'infirmière déléguée m'a parlé. Elle avait une voix singulière qui n'allait pas avec son visage, une voix mélodieuse et tremblante. Elle m'a dit : « Si on va doucement, on risque une insolation. Mais si on va trop vite, on est en transpiration et dans l'église or attrape un chaud et froid. » Elle avait raison. Il n'y avait pas d'issue. J'ai encore gardé quelques images de cette journée : par exemple, le visage de Pérez quand, pour la dernière fois, il nous a rejoints près du village. De grosses larmes d'énervement et de peine ruisselaient sur ses joues. Mais, à cause des rides, elles ne s'écoulaient pas. Elles s'étalaient, se rejoignaient et formaient un vernis d'eau sur ce visage détruit. Il y a eu encore l'église et les villageois sur les trottoirs, les géraniums rouges sur les tombes du cimetière, l'évanouissement de Pérez (on eût dit un pantin disloqué), la terre couleur de sang qui roulait sur la bière de maman, la chair blanche des racines qui s'y mêlaient, encore du monde, des voix, le village, l'attente devant un café, l'incessant ronflement du moteur, et ma joie quand l'autobus est entré dans le nid de lumières d'Alger et que j'ai pensé que j'allais me coucher et dormir pendant douze heures.

II

En me réveillant, j'ai compris pourquoi mon patron avait l'air mécontent quand je lui ai demandé mes deux jours de congé : c'est aujourd'hui samedi. Je l'avais pour ainsi dire oublié, mais en me levant, cette idée m'est venue. Mon patron, tout naturellement, a pensé que j'aurais ainsi quatre jours de vacances avec mon dimanche et cela ne pouvait pas lui faire plaisir. Mais d'une part, ce n'est pas de ma faute si on a enterré maman hier au lieu d'aujourd'hui et d'autre part, j'aurais eu mon samedi et mon dimanche de toute façon. Bien entendu, cela ne m'empêche pas de comprendre tout de même mon patron.

J'ai eu de la peine à me lever parce que j'étais fatigué de ma journée d'hier. Pendant que je me rasais, je me suis demandé ce que j'allais faire et j'ai décidé d'aller me baigner. J'ai pris le tram pour aller à l'établissement de bains du port. Là, j'ai plongé dans la passe. Il y avait beaucoup de jeunes gens. J'ai retrouvé dans l'eau Marie Cardona, une ancienne dactylo de mon bureau dont j'avais eu envie à l'époque. Elle aussi, je crois. Mais elle est partie peu après et nous n'avons pas eu le temps. Je l'ai aidé à monter

sur une bouée et, dans ce mouvement, j'ai effleuré
ses seins. J'étais encore dans l'eau quand elle était
déjà à plat ventre sur la bouée. Elle s'est retournée
vers moi. Elle avait les cheveux dans les yeux et elle
riait. Je me suis hissé à côté d'elle sur la bouée. Il faisait bon et, comme en plaisantant, j'ai laissé aller ma
tête en arrière et je l'ai posée sur son ventre. Elle n'a
rien dit et je suis resté ainsi. J'avais tout le ciel dans
les yeux et il était bleu et doré. Sous ma nuque, je
sentais le ventre de Marie battre doucement. Nous
sommes restés longtemps sur la bouée, à moitié
endormis. Quand le soleil est devenu trop fort, elle a
plongé et je l'ai suivie. Je l'ai rattrapée, j'ai passé ma
main autour de sa taille et nous avons nagé
ensemble. Elle riait toujours. Sur le quai, pendant
que nous nous séchions, elle m'a dit : « Je suis plus
brune que vous. » Je lui ai demandé si elle voulait
venir au cinéma, le soir. Elle a encore ri et m'a dit
qu'elle avait envie de voir un film avec Fernandel.
Quand nous nous sommes rhabillés, elle a eu l'air
très surprise de me voir avec une cravate noire et elle
m'a demandé si j'étais en deuil. Je lui ai dit que
maman était morte. Comme elle voulait savoir
depuis quand, j'ai répondu : « Depuis hier. » Elle a
eu un petit recul, mais n'a fait aucune remarque. J'ai
eu envie de lui dire que ce n'était pas de ma faute,
mais je me suis arrêté parce que j'ai pensé que je
l'avais déjà dit à mon patron. Cela ne signifiait rien.
De toute façon, on est toujours un peu fautif.

Le soir, Marie avait tout oublié. Le film était drôle
par moments et puis vraiment trop bête. Elle avait sa
jambe contre la mienne. Je lui caressais les seins.
Vers la fin de la séance, je l'ai embrassée, mais mal
En sortant, elle est venue chez moi.

Quand je me suis réveillé, Marie était partie. Elle

m'avait expliqué qu'elle devait aller chez sa tante. J'ai pensé que c'était dimanche et cela m'a ennuyé : je n'aime pas le dimanche. Alors, je me suis retourné dans mon lit, j'ai cherché dans le traversin l'odeur de sel que les cheveux de Marie y avaient laissée et j'ai dormi jusqu'à dix heures. J'ai fumé ensuite des cigarettes, toujours couché, jusqu'à midi. Je ne voulais pas déjeuner chez Céleste comme d'habitude parce que, certainement, ils m'auraient posé des questions et je n'aime pas cela. Je me suis fait cuire des œufs et je les ai mangés à même le plat, sans pain parce que je n'en avais plus et que je ne voulais pas descendre pour en acheter.

Après le déjeuner, je me suis ennuyé un peu et j'ai erré dans l'appartement. Il était commode quand maman était là. Maintenant il est trop grand pour moi et j'ai dû transporter dans ma chambre la table de la salle à manger. Je ne vis plus que dans cette pièce, entre les chaises de paille un peu creusées, l'armoire dont la glace est jaunie, la table de toilette et le lit de cuivre. Le reste est à l'abandon. Un peu plus tard, pour faire quelque chose, j'ai pris un vieux journal et je l'ai lu. J'y ai découpé une réclame des sels Kruschen et je l'ai collée dans un vieux cahier où je mets les choses qui m'amusent dans les journaux. Je me suis aussi lavé les mains et, pour finir, je me suis mis au balcon.

Ma chambre donne sur la rue principale du faubourg. L'après-midi était beau. Cependant, le pavé était gras, les gens rares et pressés encore. C'étaient d'abord des familles allant en promenade, deux petits garçons en costume marin, la culotte au-dessous du genou, un peu empêtrés dans leurs vêtements raides, et une petite fille avec un gros nœud rose et des souliers noirs vernis. Derrière eux, une mère énorme, en robe de soie marron, et le père, un petit homme assez frêle que je connais de vue. Il avait un canotier, un nœud papillon et une canne à la main. En le voyant avec sa femme, j'ai compris pourquoi dans le quartier on disait de lui qu'il était distingué. Un peu plus tard passèrent les jeunes gens du faubourg, cheveux laqués et cravate rouge, le veston très cintré, avec une pochette brodée et des souliers à bouts carrés. J'ai pensé qu'ils allaient aux cinémas du centre. C'était pourquoi ils partaient si tôt et se dépêchaient vers le tram en riant très fort.

Après eux, la rue peu à peu est devenue déserte. Les spectacles étaient partout commencés, je crois. Il n'y avait plus dans la rue que les boutiquiers et les chats. Le ciel était pur mais sans éclat au-dessus des ficus qui bordent la rue. Sur le trottoir d'en face, le marchand de tabac a sorti une chaise, l'a installée devant sa porte et l'a enfourchée en s'appuyant des deux bras sur le dossier. Les trams tout à l'heure bondés étaient presque vides. Dans le petit café : « Chez Pierrot », à côté du marchand de tabac, le garçon balayait de la sciure dans la salle déserte. C'était vraiment dimanche.

J'ai retourné ma chaise et je l'ai placée comme celle du marchand de tabac parce que j'ai trouvé que c'était plus commode. J'ai fumé deux cigarettes, je suis rentré pour prendre un morceau de chocolat et je suis revenu le manger à la fenêtre. Peu après, le ciel s'est assombri et j'ai cru que nous allions avoir un orage d'été. Il s'est découvert peu à peu cependant. Mais le passage des nuées avait laissé sur la rue comme une promesse de pluie qui l'a rendue plus sombre. Je suis resté longtemps à regarder le ciel.

À cinq heures, des tramways sont arrivés dans le

bruit. Ils ramenaient du stade de banlieue des grappes de spectateurs perchés sur les marchepieds et les rambardes. Les tramways suivants ont ramené les joueurs que j'ai reconnus à leurs petites valises. Ils hurlaient et chantaient à pleins poumons que leur club ne périrait pas. Plusieurs m'ont fait des signes. L'un m'a même crié : « On les a eus. » Et j'ai fait : « Oui », en secouant la tête. À partir de ce moment, les autos ont commencé à affluer.

La journée a tourné encore un peu. Au-dessus des toits, le ciel est devenu rougeâtre et, avec le soir naissant, les rues se sont animées. Les promeneurs revenaient peu à peu. J'ai reconnu le monsieur distingué au milieu d'autres. Les enfants pleuraient ou se laissaient traîner. Presque aussitôt, les cinémas du quartier ont déversé dans la rue un flot de spectateurs. Parmi eux, les jeunes gens avaient des gestes plus décidés que d'habitude et j'ai pensé qu'ils avaient vu un film d'aventures. Ceux qui revenaient des cinémas de la ville arrivèrent un peu plus tard. Ils semblaient plus graves. Ils riaient encore, mais de temps en temps, ils paraissaient fatigués et songeurs. Ils sont restés dans la rue, allant et venant sur le trottoir d'en face. Les jeunes filles du quartier, en cheveux, se tenaient par le bras. Les jeunes gens s'étaient arrangés pour les croiser et ils lançaient des plaisanteries dont elles riaient en détournant la tête. Plusieurs d'entre elles, que je connaissais, m'ont fait des signes.

Les lampes de la rue se sont alors allumées brusquement et elles ont fait pâlir les premières étoiles qui montaient dans la nuit. J'ai senti mes yeux se fatiguer à regarder les trottoirs avec leur chargement d'hommes et de lumières. Les lampes faisaient luire le pavé mouillé, et les tramways, à intervalles réguliers, mettaient leurs reflets sur des cheveux brillants, un sourire ou un bracelet d'argent. Peu après, avec les tramways plus rares et la nuit déjà noire au-dessus des arbres et des lampes, le quartier s'est vidé insensiblement, jusqu'à ce que le premier chat traverse lentement la rue de nouveau déserte. J'ai pensé alors qu'il fallait dîner. J'avais un peu mal au cou d'être resté longtemps appuyé sur le dos de ma chaise. Je suis descendu acheter du pain et des pâtes, j'ai fait ma cuisine et j'ai mangé debout. J'ai voulu fumer une cigarette à la fenêtre, mais l'air avait fraîchi et j'ai eu un peu froid. J'ai fermé mes fenêtres et en revenant j'ai vu dans la glace un bout de table où ma lampe à alcool voisinait avec des morceaux de pain. J'ai pensé que c'était toujours un dimanche de tiré, que maman était maintenant enterrée, que j'allais reprendre mon travail et que, somme toute, il n'y avait rien de changé.

III

Aujourd'hui j'ai beaucoup travaillé au bureau. Le patron a été aimable. Il m'a demandé si je n'étais pas trop fatigué et il a voulu savoir aussi l'âge de maman. J'ai dit « une soixantaine d'années », pour ne pas me tromper et je ne sais pas pourquoi il a eu l'air d'être soulagé et de considérer que c'était une affaire terminée.

Il y avait un tas de connaissements[1] * qui s'amoncelaient sur ma table et il a fallu que je les dépouille tous. Avant de quitter le bureau pour aller déjeuner, je me suis lavé les mains. À midi, j'aime bien ce moment. Le soir, j'y trouve moins de plaisir parce que la serviette roulante qu'on utilise est tout à fait humide : elle a servi toute la journée. J'en ai fait la remarque un jour à mon patron. Il m'a répondu qu'il trouvait cela regrettable, mais que c'était tout de même un détail sans importance. Je suis sorti un peu tard, à midi et demi, avec Emmanuel, qui travaille à l'expédition. Le bureau donne sur la mer et nous avons perdu un moment à regarder les cargos

* Les notes, établies par Joël Malrieu, sont regroupées en fin de volume, p. 123.

dans le port brûlant de soleil. À ce moment, un camion est arrivé dans un fracas de chaînes et d'explosions. Emmanuel m'a demandé « si on y allait » et je me suis mis à courir. Le camion nous a dépassés et nous nous sommes lancés à sa poursuite. J'étais noyé dans le bruit et la poussière. Je ne voyais plus rien et ne sentais que cet élan désordonné de la course, au milieu des treuils et des machines, des mâts qui dansaient sur l'horizon et des coques que nous longions. J'ai pris appui le premier et j'ai sauté au vol. Puis j'ai aidé Emmanuel à s'asseoir. Nous étions hors de souffle, le camion sautait sur les pavés inégaux du quai, au milieu de la poussière et du soleil. Emmanuel riait à perdre haleine.

Nous sommes arrivés en nage chez Céleste. Il était toujours là, avec son gros ventre, son tablier et ses moustaches blanches. Il m'a demandé si « ça allait quand même ». Je lui ai dit que oui et que j'avais faim. J'ai mangé très vite et j'ai pris du café. Puis je suis rentré chez moi, j'ai dormi un peu parce que j'avais trop bu de vin et, en me réveillant, j'ai eu envie de fumer. Il était tard et j'ai couru pour attraper un tram. J'ai travaillé tout l'après-midi. Il faisait très chaud dans le bureau et le soir, en sortant, j'ai été heureux de revenir en marchant lentement le long des quais. Le ciel était vert, je me sentais content. Tout de même, je suis rentré directement chez moi parce que je voulais me préparer des pommes de terre bouillies.

En montant, dans l'escalier noir, j'ai heurté le vieux Salamano, mon voisin de palier. Il était avec son chien. Il y a huit ans qu'on les voit ensemble. L'épagneul a une maladie de peau, le rouge, je crois, qui lui fait perdre presque tous ses poils et qui le couvre de plaques et de croûtes brunes. À force de vivre avec lui, seuls tous les deux dans une petite chambre, le vieux Salamano a fini par lui ressembler. Il a des croûtes rougeâtres sur le visage et le poil jaune et rare. Le chien, lui, a pris de son patron une sorte d'allure voûtée, le museau en avant et le cou tendu. Ils ont l'air de la même race et pourtant ils se détestent. Deux fois par jour, à onze heures et à six heures, le vieux mène son chien promener. Depuis huit ans, ils n'ont pas changé leur itinéraire. On peut les voir le long de la rue de Lyon², le chien tirant l'homme jusqu'à ce que le vieux Salamano bute. Il bat son chien alors et il l'insulte. Le chien rampe de frayeur et se laisse traîner. À ce moment, c'est au vieux de le tirer. Quand le chien a oublié, il entraîne de nouveau son maître et il est de nouveau battu et insulté. Alors, ils restent tous les deux sur le trottoir et ils se regardent, le chien avec terreur, l'homme avec haine. C'est ainsi tous les jours. Quand le chien veut uriner, le vieux ne lui en laisse pas le temps et le tire, l'épagneul semant derrière lui une traînée de petites gouttes. Si par hasard, le chien fait dans la chambre, alors il est encore battu. Il y a huit ans que cela dure. Céleste dit toujours que « c'est malheureux », mais au fond, personne ne peut savoir. Quand je l'ai rencontré dans l'escalier, Salamano était en train d'insulter son chien. Il lui disait : « Salaud ! Charogne ! » et le chien gémissait. J'ai dit : « Bonsoir », mais le vieux insultait toujours. Alors je lui ai demandé ce que le chien lui avait fait. Il ne m'a pas répondu. Il disait seulement : « Salaud ! Charogne ! » Je le devinais, penché sur son chien, en train d'arranger quelque chose sur le collier. J'ai parlé plus fort. Alors sans se retourner, il m'a répondu avec une sorte de rage rentrée : « Il est toujours là. » Puis il est parti en tirant la bête qui se laissait traîner sur ses quatre pattes, et gémissait.

Juste à ce moment est entré mon deuxième voisin de palier. Dans le quartier, on dit qu'il vit des femmes. Quand on lui demande son métier, pourtant, il est « magasinier ». En général, il n'est guère aimé. Mais il me parle souvent et quelquefois il passe un moment chez moi parce que je l'écoute. Je trouve que ce qu'il dit est intéressant. D'ailleurs, je n'ai aucune raison de ne pas lui parler. Il s'appelle Raymond Sintès. Il est assez petit, avec de larges épaules et un nez de boxeur. Il est toujours habillé très correctement. Lui aussi m'a dit, en parlant de Salamano : « Si c'est pas malheureux ! » Il m'a demandé si ça ne me dégoûtait pas et j'ai répondu que non

Nous sommes montés et j'allais le quitter quand il m'a dit : « J'ai chez moi du boudin et du vin. Si vous voulez manger un morceau avec moi ?... » J'ai pensé que cela m'éviterait de faire ma cuisine et j'ai accepté. Lui aussi n'a qu'une chambre, avec une cuisine sans fenêtre. Au-dessus de son lit, il a un ange en stuc blanc et rose, des photos de champions et deux ou trois clichés de femmes nues. La chambre était sale et le lit défait. Il a d'abord allumé sa lampe à pétrole, puis il a sorti un pansement assez douteux de sa poche et a enveloppé sa main droite. Je lui ai demandé ce qu'il avait. Il m'a dit qu'il avait eu une bagarre avec un type qui lui cherchait des histoires.

« Vous comprenez, monsieur Meursault, m'a-t-il dit, c'est pas que je suis méchant, mais je suis vif. L'autre, il m'a dit : "Descends du tram si tu es un homme." Je lui ai dit : "Allez, reste tranquille." Il m'a dit que je n'étais pas un homme. Alors je suis descendu et je lui ai dit : "Assez, ça vaut mieux, ou je vais te mûrir[3]." Il m'a répondu : "De quoi ?" Alors je lui en ai donné un. Il est tombé. Moi, j'allais le relever. Mais il m'a donné des coups de pied de par terre. Alors je lui ai donné un coup de genou et deux taquets[4]. Il avait la figure en sang. Je lui ai demandé s'il avait son compte. Il m'a dit : "Oui." »

Pendant tout ce temps, Sintès arrangeait son pansement. J'étais assis sur le lit. Il m'a dit : « Vous voyez que je ne l'ai pas cherché. C'est lui qui m'a manqué. » C'était vrai et je l'ai reconnu. Alors il m'a déclaré que, justement, il voulait me demander un conseil au sujet de cette affaire, que moi, j'étais un homme, je connaissais la vie, que je pouvais l'aider et qu'ensuite il serait mon copain. Je n'ai rien dit et il m'a demandé encore si je voulais être son copain. J'ai dit que ça m'était égal : il a eu l'air content. Il a sorti du boudin, il l'a fait cuire à la poêle, et il a installé des verres, des assiettes, des couverts et deux bouteilles de vin. Tout cela en silence. Puis nous nous sommes installés. En mangeant, il a commencé à me raconter son histoire. Il hésitait d'abord un peu. « J'ai connu une dame... c'était pour autant dire ma maîtresse. » L'homme avec qui il s'était battu était le frère de cette femme. Il m'a dit qu'il l'avait entretenue. Je n'ai rien répondu et pourtant il a ajouté tout de suite qu'il savait ce qu'on disait dans le quartier, mais qu'il avait sa conscience pour lui et qu'il était magasinier.

« Pour en venir à mon histoire, m'a-t-il dit, je me suis aperçu qu'il y avait de la tromperie. » Il lui donnait juste de quoi vivre. Il payait lui-même le loyer de sa chambre et il lui donnait vingt francs par jour pour la nourriture. « Trois cents francs de chambre, six cents francs de nourriture, une paire de bas de temps en temps, ça faisait mille francs. Et madame ne travaillait pas. Mais elle me disait que c'était juste, qu'elle n'arrivait pas avec ce que je lui donnais.

Pourtant, je lui disais : "Pourquoi tu travailles pas une demi-journée ? Tu me soulagerais bien pour toutes ces petites choses. Je t'ai acheté un ensemble ce mois-ci, je te paye vingt francs par jour, je te paye le loyer et toi, tu prends le café l'après-midi avec tes amies. Tu leur donnes le café et le sucre. Moi, je te donne l'argent. J'ai bien agi avec toi et tu me le rends mal." Mais elle ne travaillait pas, elle disait toujours qu'elle n'arrivait pas et c'est comme ça que je me suis aperçu qu'il y avait de la tromperie. »

Il m'a alors raconté qu'il avait trouvé un billet de loterie dans son sac et qu'elle n'avait pas pu lui expliquer comment elle l'avait acheté. Un peu plus tard, il avait trouvé chez elle « une indication[5] » du mont-de-piété[6] qui prouvait qu'elle avait engagé deux bracelets. Jusque-là, il ignorait l'existence de ces bracelets. « J'ai bien vu qu'il y avait de la tromperie. Alors, je l'ai quittée. Mais d'abord, je l'ai tapée. Et puis, je lui ai dit ses vérités. Je lui ai dit que tout ce qu'elle voulait, c'était s'amuser avec sa chose. Comme je lui ai dit, vous comprenez, monsieur Meursault : "Tu ne vois pas que le monde il est jaloux du bonheur que je te donne. Tu connaîtras plus tard le bonheur que tu avais." »

Il l'avait battue jusqu'au sang. Auparavant, il ne la battait pas. « Je la tapais, mais tendrement pour ainsi dire. Elle criait un peu. Je fermais les volets et ça finissait comme toujours. Mais maintenant, c'est sérieux. Et pour moi, je l'ai pas assez punie. »

Il m'a expliqué alors que c'était pour cela qu'il avait besoin d'un conseil. Il s'est arrêté pour régler la mèche de la lampe qui charbonnait. Moi, je l'écoutais toujours. J'avais bu près d'un litre de vin et j'avais très chaud aux tempes. Je fumais les cigarettes de Raymond parce qu'il ne m'en restait plus.

Les derniers trams passaient et emportaient avec eux les bruits maintenant lointains du faubourg. Raymond a continué. Ce qui l'ennuyait, « c'est qu'il avait encore un sentiment pour son coït ». Mais il voulait la punir. Il avait d'abord pensé à l'emmener dans un hôtel et à appeler les « mœurs » pour causer un scandale et la faire mettre en carte. Ensuite, il s'était adressé à des amis qu'il avait dans le milieu. Ils n'avaient rien trouvé. Et comme me le faisait remarquer Raymond, c'était bien la peine d'être du milieu. Il le leur avait dit et ils avaient alors proposé de la « marquer ». Mais ce n'était pas ce qu'il voulait. Il allait réfléchir. Auparavant il voulait me demander quelque chose. D'ailleurs, avant de me le demander, il voulait savoir ce que je pensais de cette histoire. J'ai répondu que je n'en pensais rien mais que c'était intéressant. Il m'a demandé si je pensais qu'il y avait de la tromperie, et moi, il me semblait bien qu'il y avait de la tromperie, si je trouvais qu'on devait la punir et ce que je ferais à sa place, je lui ai dit qu'on ne pouvait jamais savoir, mais je comprenais qu'il veuille la punir. J'ai encore bu un peu de vin. Il a allumé une cigarette et il m'a découvert son idée. Il voulait lui écrire une lettre « avec des coups de pied et en même temps des choses pour la faire regretter ». Après, quand elle reviendrait, il coucherait avec elle et « juste au moment de finir » il lui cracherait à la figure et il la mettrait dehors. J'ai trouvé qu'en effet, de cette façon, elle serait punie. Mais Raymond m'a dit qu'il ne se sentait pas capable de faire la lettre qu'il fallait et qu'il avait pensé à moi pour la rédiger. Comme je ne disais rien, il m'a demandé si cela m'ennuierait de le faire tout de suite et j'ai répondu que non.

Il s'est alors levé après avoir bu un verre de vin. Il

a repoussé les assiettes et le peu de boudin froid que nous avions laissé. Il a soigneusement essuyé la toile cirée de la table. Il a pris dans un tiroir de sa table de nuit une feuille de papier quadrillé, une enveloppe jaune, un petit porte-plume de bois rouge et un encrier carré d'encre violette. Quand il m'a dit le nom de la femme, j'ai vu que c'était une Mauresque. J'ai fait la lettre. Je l'ai écrite un peu au hasard, mais je me suis appliqué à contenter Raymond parce que je n'avais pas de raison de ne pas le contenter. Puis j'ai lu la lettre à haute voix. Il m'a écouté en fumant et en hochant la tête, puis il m'a demandé de la relire. Il a été tout à fait content. Il m'a dit : « Je savais bien que tu connaissais la vie. » Je ne me suis pas aperçu d'abord qu'il me tutoyait. C'est seulement quand il m'a déclaré : « Maintenant, tu es un vrai copain », que cela m'a frappé. Il a répété sa phrase et j'ai dit : « Oui. » Cela m'était égal d'être son copain et il avait vraiment l'air d'en avoir envie. Il a cacheté la lettre et nous avons fini le vin. Puis nous sommes restés un moment à fumer sans rien dire. Au-dehors, tout était calme, nous avons entendu le glissement d'une auto qui passait. J'ai dit : « Il est tard. » Raymond le pensait aussi. Il a remarqué que le temps passait vite et, dans un sens, c'était vrai. J'avais sommeil, mais j'avais de la peine à me lever. J'ai dû avoir l'air fatigué parce que Raymond m'a dit qu'il ne fallait pas se laisser aller. D'abord, je n'ai pas compris. Il m'a expliqué alors qu'il avait appris la mort de maman mais que c'était une chose qui devait arriver un jour ou l'autre. C'était aussi mon avis.

Je me suis levé, Raymond m'a serré la main très fort et m'a dit qu'entre hommes on se comprenait toujours. En sortant de chez lui, j'ai refermé la porte et je suis resté un moment dans le noir, sur le palier.

La maison était calme et des profondeurs de la cage d'escalier montait un souffle obscur et humide. Je n'entendais que les coups de mon sang qui bourdonnait à mes oreilles. Je suis resté immobile. Mais dans la chambre du vieux Salamano, le chien a gémi sourdement.

IV

J'ai bien travaillé toute la semaine, Raymond est
venu et m'a dit qu'il avait envoyé la lettre. Je suis allé
au cinéma deux fois avec Emmanuel qui ne
comprend pas toujours ce qui se passe sur l'écran. Il
faut alors lui donner des explications. Hier, c'était
samedi et Marie est venue, comme nous en étions
convenus. J'ai eu très envie d'elle parce qu'elle avait
une belle robe à raies rouges et blanches et des san-
dales de cuir. On devinait ses seins durs et le brun du
soleil lui faisait un visage de fleur. Nous avons pris
un autobus et nous sommes allés à quelques kilomètres d'Alger, sur une plage resserrée entre des
rochers et bordée de roseaux du côté de la terre. Le
soleil de quatre heures n'était pas trop chaud, mais
l'eau était tiède, avec de petites vagues longues et
paresseuses. Marie m'a appris un jeu. Il fallait, en
nageant, boire à la crête des vagues, accumuler dans
sa bouche toute l'écume et se mettre ensuite sur le
dos pour la projeter contre le ciel. Cela faisait alors
une dentelle mousseuse qui disparaissait dans l'air
ou me retombait en pluie tiède sur le visage. Mais au
bout de quelque temps, j'avais la bouche brûlée par
l'amertume du sel. Marie m'a rejoint alors et s'est

collée à moi dans l'eau. Elle a mis sa bouche contre la mienne. Sa langue rafraîchissait mes lèvres et nous nous sommes roulés dans les vagues pendant un moment.

Quand nous nous sommes rhabillés sur la plage, Marie me regardait avec des yeux brillants. Je l'ai embrassée. À partir de ce moment, nous n'avons plus parlé. Je l'ai tenue contre moi et nous avons été pressés de trouver un autobus, de rentrer, d'aller chez moi et de nous jeter sur mon lit. J'avais laissé ma fenêtre ouverte et c'était bon de sentir la nuit d'été couler sur nos corps bruns.

Ce matin, Marie est restée et je lui ai dit que nous déjeunerions ensemble. Je suis descendu pour acheter de la viande. En remontant, j'ai entendu une voix de femme dans la chambre de Raymond. Un peu après, le vieux Salamano a grondé son chien, nous avons entendu un bruit de semelles et de griffes sur les marches en bois de l'escalier et puis : « Salaud, charogne », ils sont sortis dans la rue. J'ai raconté à Marie l'histoire du vieux et elle a ri. Elle avait un de mes pyjamas dont elle avait retroussé les manches. Quand elle a ri, j'ai eu encore envie d'elle. Un moment après, elle m'a demandé si je l'aimais. Je lui ai répondu que cela ne voulait rien dire, mais qu'il me semblait que non. Elle a eu l'air triste. Mais en préparant le déjeuner, et à propos de rien, elle a encore ri de telle façon que je l'ai embrassée. C'est à ce moment que les bruits d'une dispute ont éclaté chez Raymond.

On a d'abord entendu une voix aiguë de femme et puis Raymond qui disait : « Tu m'as manqué[7], tu m'as manqué. Je vais t'apprendre à me manquer. » Quelques bruits sourds et la femme a hurlé, mais de si terrible façon qu'immédiatement le palier s'est empli de monde. Marie et moi nous sommes sortis aussi. La femme criait toujours et Raymond frappait toujours. Marie m'a dit que c'était terrible et je n'ai rien répondu. Elle m'a demandé d'aller chercher un agent, mais je lui ai dit que je n'aimais pas les agents. Pourtant, il en est arrivé un avec le locataire du deuxième qui est plombier. Il a frappé à la porte et on n'a plus rien entendu. Il a frappé plus fort et au bout d'un moment, la femme a pleuré et Raymond a ouvert. Il avait une cigarette à la bouche et l'air doucereux. La fille s'est précipitée à la porte et a déclaré à l'agent que Raymond l'avait frappée. « Ton nom », a dit l'agent. Raymond a répondu. « Enlève ta cigarette de la bouche quand tu me parles », a dit l'agent. Raymond a hésité, m'a regardé et a tiré sur sa cigarette. À ce moment, l'agent l'a giflé à toute volée d'une claque épaisse et lourde, en pleine joue. La cigarette est tombée quelques mètres plus loin. Raymond a changé de visage, mais il n'a rien dit sur le moment et puis il a demandé d'une voix humble s'il pouvait ramasser son mégot. L'agent a déclaré qu'il le pouvait et il a ajouté : « Mais la prochaine fois, tu sauras qu'un agent n'est pas un guignol. » Pendant ce temps, la fille pleurait et elle a répété : « Il m'a tapée. C'est un maquereau. » — « Monsieur l'agent, a demandé alors Raymond, c'est dans la loi, ça, de dire maquereau à un homme ? » Mais l'agent lui a ordonné « de fermer sa gueule ». Raymond s'est alors retourné vers la fille et il lui a dit : « Attends, petite, on se retrouvera. » L'agent lui a dit de fermer ça, que la fille devait partir et lui rester dans sa chambre en attendant d'être convoqué au commissariat. Il a ajouté que Raymond devrait avoir honte d'être soûl au point de trembler comme il le faisait. À ce moment, Raymond lui a expliqué : « Je ne suis pas soûl, monsieur l'agent. Seulement, je suis là, devant vous, et je tremble, c'est forcé. » Il a fermé sa porte et tout le monde est parti. Marie et moi avons fini de préparer le déjeuner. Mais elle n'avait pas faim, j'ai presque tout mangé. Elle est partie à une heure et j'ai dormi un peu.

Vers trois heures, on a frappé à ma porte et Raymond est entré. Je suis resté couché. Il s'est assis sur le bord de mon lit. Il est resté un moment sans parler et je lui ai demandé comment son affaire s'était passée. Il m'a raconté qu'il avait fait ce qu'il voulait mais qu'elle lui avait donné une gifle et qu'alors il l'avait battue. Pour le reste, je l'avais vu. Je lui ai dit qu'il me semblait que maintenant elle était punie et qu'il devait être content. C'était aussi son avis, et il a observé que l'agent avait beau faire, il ne changerait rien aux coups qu'elle avait reçus. Il a ajouté qu'il connaissait bien les agents et qu'il savait comment il fallait s'y prendre avec eux. Il m'a demandé alors si j'avais attendu qu'il réponde à la gifle de l'agent. J'ai répondu que je n'attendais rien du tout et que d'ailleurs je n'aimais pas les agents. Raymond a eu l'air très content. Il m'a demandé si je voulais sortir avec lui. Je me suis levé et j'ai commencé à me peigner. Il m'a dit qu'il fallait que je lui serve de témoin. Moi cela m'était égal, mais je ne savais pas ce que je devais dire. Selon Raymond, il suffisait de déclarer que la fille lui avait manqué. J'ai accepté de lui servir de témoin.

Nous sommes sortis et Raymond m'a offert une fine. Puis il a voulu faire une partie de billard et j'ai perdu de justesse. Il voulait ensuite aller au bordel, mais j'ai dit non parce que je n'aime pas ça. Alors nous sommes rentrés doucement et il me disait combien il était content d'avoir réussi à punir sa maîtresse. Je le trouvais très gentil avec moi et j'ai pensé que c'était un bon moment.

De loin, j'ai aperçu sur le pas de la porte le vieux Salamano qui avait l'air agité. Quand nous nous sommes rapprochés, j'ai vu qu'il n'avait pas son chien. Il regardait de tous les côtés, tournait sur lui-même, tentait de percer le noir du couloir, marmonnait des mots sans suite et recommençait à fouiller la rue de ses petits yeux rouges. Quand Raymond lui a demandé ce qu'il avait, il n'a pas répondu tout de suite. J'ai vaguement entendu qu'il murmurait : « Salaud, charogne », et il continuait à s'agiter. Je lui ai demandé où était son chien. Il m'a répondu brusquement qu'il était parti. Et puis tout d'un coup, il a parlé avec volubilité : « Je l'ai emmené au Champ de Manœuvres, comme d'habitude. Il y avait du monde, autour des baraques foraines. Je me suis arrêté pour regarder "le Roi de l'Évasion". Et quand j'ai voulu repartir, il n'était plus là. Bien sûr, il y a longtemps que je voulais lui acheter un collier moins grand. Mais je n'aurais jamais cru que cette charogne pourrait partir comme ça. »

Raymond lui a expliqué alors que le chien avait pu s'égarer et qu'il allait revenir. Il lui a cité des exemples de chiens qui avaient fait des dizaines de kilomètres pour retrouver leur maître. Malgré cela, le vieux a eu l'air plus agité. « Mais ils me le prendront, vous comprenez. Si encore quelqu'un le recueillait. Mais ce n'est pas possible, il dégoûte tout le monde avec ses croûtes. Les agents le prendront, c'est sûr. » Je lui ai dit alors qu'il devait aller à la fourrière et qu'on le lui rendrait moyennant le paiement de quelques droits. Il m'a demandé si ces droits étaient élevés. Je ne savais pas. Alors, il s'est mis en colère : « Donner de l'argent pour cette charogne. Ah! il peut bien crever! » Et il s'est mis à l'insulter. Raymond a ri et a pénétré dans la maison. Je l'ai suivi et nous nous sommes quittés sur le palier de l'étage. Un moment après, j'ai entendu le pas du vieux et il a frappé à ma porte. Quand j'ai ouvert, il est resté un moment sur le seuil et il m'a dit : « Excusez-moi, excusez-moi. » Je l'ai invité à entrer, mais il n'a pas voulu. Il regardait la pointe de ses souliers et ses mains croûteuses tremblaient. Sans me faire face, il m'a demandé : « Ils ne vont pas me le prendre, dites, monsieur Meursault. Ils vont me le rendre. Ou qu'est-ce que je vais devenir? » Je lui ai dit que la fourrière gardait les chiens trois jours à la disposition de leurs propriétaires et qu'ensuite elle en faisait ce que bon lui semblait. Il m'a regardé en silence. Puis il m'a dit : « Bonsoir. » Il a fermé sa porte et je l'ai entendu aller et venir. Son lit a craqué. Et au bizarre petit bruit qui a traversé la cloison, j'ai compris qu'il pleurait. Je ne saïs pas pourquoi j'ai pensé à maman. Mais il fallait que je me lève tôt le lendemain. Je n'avais pas faim et je me suis couché sans dîner.

V

Raymond m'a téléphoné au bureau. Il m'a dit
qu'un de ses amis (il lui avait parlé de moi) m'invitait
à passer la journée de dimanche dans son cabanon,
près d'Alger. J'ai répondu que je le voulais bien, mais
que j'avais promis ma journée à une amie. Raymond
m'a tout de suite déclaré qu'il l'invitait aussi. La
femme de son ami serait très contente de ne pas être
seule au milieu d'un groupe d'hommes.

J'ai voulu raccrocher tout de suite parce que je
sais que le patron n'aime pas qu'on nous téléphone
de la ville. Mais Raymond m'a demandé d'attendre et
il m'a dit qu'il aurait pu me transmettre cette invita-
tion le soir, mais qu'il voulait m'avertir d'autre
chose. Il avait été suivi toute la journée par un
groupe d'Arabes parmi lesquels se trouvait le frère
de son ancienne maîtresse. « Si tu le vois près de la
maison ce soir en rentrant, avertis-moi. » J'ai dit que
c'était entendu.

Peu après, le patron m'a fait appeler et, sur le
moment, j'ai été ennuyé parce que j'ai pensé qu'il
allait me dire de moins téléphoner et de mieux travailler. Ce n'était pas cela du tout. Il m'a déclaré qu'il
allait me parler d'un projet encore très vague. Il vou-

lait seulement avoir mon avis sur la question. Il avait l'intention d'installer un bureau à Paris qui traiterait ses affaires sur la place, et directement, avec les grandes compagnies et il voulait savoir si j'étais disposé à y aller. Cela me permettrait de vivre à Paris et aussi de voyager une partie de l'année. « Vous êtes jeune, et il me semble que c'est une vie qui doit vous plaire. » J'ai dit que oui mais que dans le fond cela m'était égal. Il m'a demandé alors si je n'étais pas intéressé par un changement de vie. J'ai répondu qu'on ne changeait jamais de vie, qu'en tout cas toutes se valaient et que la mienne ici ne me déplaisait pas du tout. Il a eu l'air mécontent, m'a dit que je répondais toujours à côté, que je n'avais pas d'ambition et que cela était désastreux dans les affaires. Je suis retourné travailler alors. J'aurais préféré ne pas le mécontenter, mais je ne voyais pas de raison pour changer ma vie. En y réfléchissant bien, je n'étais pas malheureux. Quand j'étais étudiant, j'avais beaucoup d'ambitions de ce genre. Mais quand j'ai dû abandonner mes études, j'ai très vite compris que tout cela était sans importance réelle.

Le soir, Marie est venue me chercher et m'a demandé si je voulais me marier avec elle. J'ai dit que cela m'était égal et que nous pourrions le faire si elle le voulait. Elle a voulu savoir alors si je l'aimais. J'ai répondu comme je l'avais déjà fait une fois, que cela ne signifiait rien mais que sans doute je ne l'aimais pas. « Pourquoi m'épouser alors ? » a-t-elle dit. Je lui ai expliqué que cela n'avait aucune importance et que si elle le désirait, nous pouvions nous marier. D'ailleurs, c'était elle qui le demandait et moi je me contentais de dire oui. Elle a observé alors que le mariage était une chose grave. J'ai répondu : « Non. » Elle s'est tue un moment et elle m'a regardé en silence. Puis elle a parlé. Elle voulait simplement savoir si j'aurais accepté la même proposition venant d'une autre femme, à qui je serais attaché de la même façon. J'ai dit : « Naturellement. » Elle s'est demandé alors si elle m'aimait et moi, je ne pouvais rien savoir sur ce point. Après un autre moment de silence, elle a murmuré que j'étais bizarre, qu'elle m'aimait sans doute à cause de cela mais que peut-être un jour je la dégoûterais pour les mêmes raisons. Comme je me taisais, n'ayant rien à ajouter, elle m'a pris le bras en souriant et elle a déclaré qu'elle voulait se marier avec moi. J'ai répondu que nous le ferions dès qu'elle le voudrait. Je lui ai parlé alors de la proposition du patron et Marie m'a dit qu'elle aimerait connaître Paris. Je lui ai appris que j'y avais vécu dans un temps et elle m'a demandé comment c'était. Je lui ai dit : « C'est sale. Il y a des pigeons et des cours noires. Les gens ont la peau blanche. »

Puis nous avons marché et traversé la ville par ses grandes rues. Les femmes étaient belles et j'ai demandé à Marie si elle le remarquait. Elle m'a dit que oui et qu'elle me comprenait. Pendant un moment, nous n'avons plus parlé. Je voulais cependant qu'elle reste avec moi et je lui ai dit que nous pouvions dîner ensemble chez Céleste. Elle en avait bien envie, mais elle avait à faire. Nous étions près de chez moi et je lui ai dit au revoir. Elle m'a regardé : « Tu ne veux pas savoir ce que j'ai à faire ? » Je voulais bien le savoir, mais je n'y avais pas pensé et c'est ce qu'elle avait l'air de me reprocher. Alors, devant mon air empêtré, elle a encore ri et elle a eu vers moi un mouvement de tout le corps pour me tendre sa bouche.

J'ai dîné chez Céleste. J'avais déjà commencé à

manger lorsqu'il est entré une bizarre petite femme qui m'a demandé si elle pouvait s'asseoir à ma table. Naturellement, elle le pouvait. Elle avait des gestes saccadés et des yeux brillants dans une petite figure de pomme. Elle s'est débarrassée de sa jaquette, s'est assise et a consulté fiévreusement la carte. Elle a appelé Céleste et a commandé immédiatement tous ses plats d'une voix à la fois précise et précipitée. En attendant les hors-d'œuvre, elle a ouvert son sac, en a sorti un petit carré de papier et un crayon, a fait d'avance l'addition, puis a tiré d'un gousset, augmentée du pourboire, la somme exacte qu'elle a placée devant elle. À ce moment, on lui a apporté des hors-d'œuvre qu'elle a engloutis à toute vitesse. En attendant le plat suivant, elle a encore sorti de son sac un crayon bleu et un magazine qui donnait les programmes radiophoniques de la semaine. Avec beaucoup de soin, elle a coché une à une presque toutes les émissions. Comme le magazine avait une douzaine de pages, elle a continué ce travail méticuleusement pendant tout le repas. J'avais déjà fini qu'elle cochait encore avec la même application. Puis elle s'est levée, a remis sa jaquette avec les mêmes gestes précis d'automate et elle est partie. Comme je n'avais rien à faire, je suis sorti aussi et je l'ai suivie un moment. Elle s'était placée sur la bordure du trottoir et avec une vitesse et une sûreté incroyables, elle suivait son chemin sans dévier et sans se retourner. J'ai fini par la perdre de vue et par revenir sur mes pas. J'ai pensé qu'elle était bizarre, mais je l'ai oubliée assez vite.

Sur le pas de ma porte, j'ai trouvé le vieux Salamano. Je l'ai fait entrer et il m'a appris que son chien était perdu, car il n'était pas à la fourrière. Les employés lui avaient dit que, peut-être, il avait été écrasé. Il avait demandé s'il n'était pas possible de le savoir dans les commissariats. On lui avait répondu qu'on ne gardait pas trace de ces choses-là, parce qu'elles arrivaient tous les jours. J'ai dit au vieux Salamano qu'il pourrait avoir un autre chien, mais il a eu raison de me faire remarquer qu'il était habitué à celui-là.

J'étais accroupi sur mon lit et Salamano s'était assis sur une chaise devant la table. Il me faisait face et il avait ses deux mains sur les genoux. Il avait gardé son vieux feutre. Il mâchonnait des bouts de phrases sous sa moustache jaunie. Il m'ennuyait un peu, mais je n'avais rien à faire et je n'avais pas sommeil. Pour dire quelque chose, je l'ai interrogé sur son chien. Il m'a dit qu'il l'avait eu après la mort de sa femme. Il s'était marié assez tard. Dans sa jeunesse, il avait eu envie de faire du théâtre : au régiment il jouait dans les vaudevilles militaires. Mais finalement, il était entré dans les chemins de fer et il ne le regrettait pas, parce que maintenant il avait une petite retraite. Il n'avait pas été heureux avec sa femme, mais dans l'ensemble il s'était bien habitué à elle. Quand elle était morte, il s'était senti très seul. Alors, il avait demandé un chien à un camarade d'atelier et il avait eu celui-là très jeune. Il avait fallu le nourrir au biberon. Mais comme un chien vit moins qu'un homme, ils avaient fini par être vieux ensemble. « Il avait mauvais caractère, m'a dit Salamano. De temps en temps, on avait des prises de bec. Mais c'était un bon chien quand même. » J'ai dit qu'il était de belle race et Salamano a eu l'air content. « Et encore, a-t-il ajouté, vous ne l'avez pas connu avant sa maladie. C'était le poil qu'il avait de plus beau. » Tous les soirs et tous les matins, depuis que le chien avait eu cette maladie de peau, Salamano le passait à la pommade. Mais selon lui, sa vraie maladie, c'était la vieillesse, et la vieillesse ne se guérit pas.

À ce moment, j'ai bâillé et le vieux m'a annoncé qu'il allait partir. Je lui ai dit qu'il pouvait rester, et que j'étais ennuyé de ce qui était arrivé à son chien : il m'a remercié. Il m'a dit que maman aimait beaucoup son chien. En parlant d'elle, il l'appelait « votre pauvre mère ». Il a émis la supposition que je devais être bien malheureux depuis que maman était morte et je n'ai rien répondu. Il m'a dit alors, très vite et avec un air gêné, qu'il savait que dans le quartier on m'avait mal jugé parce que j'avais mis ma mère à l'asile, mais il me connaissait et il savait que j'aimais beaucoup maman. J'ai répondu, je ne sais pas encore pourquoi, que j'ignorais jusqu'ici qu'on me jugeât mal à cet égard, mais que l'asile m'avait paru une chose naturelle puisque je n'avais pas assez d'argent pour faire garder maman. « D'ailleurs, ai-je ajouté, il y avait longtemps qu'elle n'avait rien à me dire et qu'elle s'ennuyait toute seule. — Oui, m'a-t-il dit, et à l'asile, du moins, on se fait des camarades. » Puis il s'est excusé. Il voulait dormir. Sa vie avait changé maintenant et il ne savait pas trop ce qu'il allait faire. Pour la première fois depuis que je le connaissais, d'un geste furtif, il m'a tendu la main et j'ai senti les écailles de sa peau. Il a souri un peu et avant de partir, il m'a dit : « J'espère que les chiens n'aboieront pas cette nuit. Je crois toujours que c'est le mien. »

VI

Le dimanche, j'ai eu de la peine à me réveiller et il a fallu que Marie m'appelle et me secoue. Nous n'avons pas mangé parce que nous voulions nous baigner tôt. Je me sentais tout à fait vide et j'avais un peu mal à la tête. Ma cigarette avait un goût amer. Marie s'est moquée de moi parce qu'elle disait que j'avais « une tête d'enterrement ». Elle avait mis une robe de toile blanche et lâché ses cheveux. Je lui ai dit qu'elle était belle, elle a ri de plaisir.

En descendant, nous avons frappé à la porte de Raymond. Il nous a répondu qu'il descendait. Dans la rue, à cause de ma fatigue et aussi parce que nous n'avions pas ouvert les persiennes, le jour, déjà tout plein de soleil, m'a frappé comme une gifle. Marie sautait de joie et n'arrêtait pas de dire qu'il faisait beau. Je me suis senti mieux et je me suis aperçu que j'avais faim. Je l'ai dit à Marie qui m'a montré son sac en toile cirée où elle avait mis nos deux maillots et une serviette. Je n'avais plus qu'à attendre et nous avons entendu Raymond fermer sa porte. Il avait un pantalon bleu et une chemise blanche à manches courtes. Mais il avait mis un canotier, ce qui a fait rire Marie, et ses avant-bras étaient très blancs sous les poils noirs. J'en étais un peu dégoûté. Il sifflait en descendant et il avait l'air très content. Il m'a dit : « Salut, vieux », et il a appelé Marie « mademoiselle ».

La veille nous étions allés au commissariat et j'avais témoigné que la fille avait « manqué » à Raymond. Il en a été quitte pour un avertissement. On n'a pas contrôlé mon affirmation. Devant la porte, nous en avons parlé avec Raymond, puis nous avons décidé de prendre l'autobus. La plage n'était pas très loin, mais nous irions plus vite ainsi. Raymond pensait que son ami serait content de nous voir arriver tôt. Nous allions partir quand Raymond, tout d'un coup, m'a fait signe de regarder en face. J'ai vu un groupe d'Arabes adossés à la devanture du bureau de tabac. Ils nous regardaient en silence, mais à leur manière, ni plus ni moins que si nous étions des pierres ou des arbres morts. Raymond m'a dit que le deuxième à partir de la gauche était son type, et il a eu l'air préoccupé. Il a ajouté que, pourtant, c'était maintenant une histoire finie. Marie ne comprenait pas très bien et nous a demandé ce qu'il y avait. Je lui ai dit que c'étaient des Arabes qui en voulaient à Raymond. Elle a voulu qu'on parte tout de suite. Raymond s'est redressé et il a ri en disant qu'il fallait se dépêcher.

Nous sommes allés vers l'arrêt d'autobus qui était un peu plus loin et Raymond m'a annoncé que les Arabes ne nous suivaient pas. Je me suis retourné. Ils étaient toujours à la même place et ils regardaient avec la même indifférence l'endroit que nous venions de quitter. Nous avons pris l'autobus. Raymond, qui paraissait tout à fait soulagé, n'arrêtait pas de faire des plaisanteries pour Marie. J'ai senti qu'elle lui plaisait, mais elle ne lui répondait presque pas. De temps en temps, elle le regardait en riant.

Nous sommes descendus dans la banlieue d'Alger. La plage n'est pas loin de l'arrêt d'autobus. Mais il a fallu traverser un petit plateau qui domine la mer et qui dévale ensuite vers la plage. Il était couvert de pierres jaunâtres et d'asphodèles tout blancs sur le bleu déjà dur du ciel. Marie s'amusait à en éparpiller les pétales à grands coups de son sac de toile cirée. Nous avons marché entre des files de petites villas à barrières vertes ou blanches, quelques-unes enfouies avec leurs vérandas sous les tamaris, quelques autres nues au milieu des pierres. Avant d'arriver au bord du plateau, on pouvait voir déjà la mer immobile et plus loin un cap somnolent et massif dans l'eau claire. Un léger bruit de moteur est monté dans l'air calme jusqu'à nous. Et nous avons vu, très loin, un petit chalutier qui avançait, imperceptiblement, sur la mer éclatante. Marie a cueilli quelques iris de roche. De la pente qui descendait vers la mer nous avons vu qu'il y avait déjà quelques baigneurs.

L'ami de Raymond habitait un petit cabanon de bois à l'extrémité de la plage. La maison était adossée à des rochers et les pilotis qui la soutenaient sur le devant baignaient déjà dans l'eau. Raymond nous a présentés. Son ami s'appelait Masson. C'était un grand type, massif de taille et d'épaules, avec une petite femme ronde et gentille, à l'accent parisien. Il nous a dit tout de suite de nous mettre à l'aise et qu'il y avait une friture de poissons qu'il avait pêchés le matin même. Je lui ai dit combien je trouvais sa maison jolie. Il m'a appris qu'il y venait passer le samedi, le dimanche et tous ses jours de congé. « Avec ma femme, on s'entend bien », a-t-il ajouté. Justement, sa femme riait avec Marie. Pour la première fois peut-être, j'ai pensé vraiment que j'allais me marier

Masson voulait se baigner, mais sa femme et Raymond ne voulaient pas venir. Nous sommes descendus tous les trois et Marie s'est immédiatement jetée dans l'eau. Masson et moi, nous avons attendu un peu. Lui parlait lentement et j'ai remarqué qu'il avait l'habitude de compléter tout ce qu'il avançait par un « et je dirai plus », même quand, au fond, il n'ajoutait rien au sens de sa phrase. À propos de Marie, il m'a dit : « Elle est épatante, et je dirai plus, charmante. » Puis je n'ai plus fait attention à ce tic parce que j'étais occupé à éprouver que le soleil me faisait du bien. Le sable commençait à chauffer sous les pieds. J'ai retardé encore l'envie que j'avais de l'eau, mais j'ai fini par dire à Masson : « On y va ? » J'ai plongé. Lui est entré dans l'eau doucement et s'est jeté quand il a perdu pied. Il nageait à la brasse et assez mal, de sorte que je l'ai laissé pour rejoindre Marie. L'eau était froide et j'étais content de nager. Avec Marie, nous nous sommes éloignés et nous nous sentions d'accord dans nos gestes et dans notre contentement.

Au large, nous avons fait la planche et sur mon visage tourné vers le ciel le soleil écartait les derniers voiles d'eau qui me coulaient dans la bouche. Nous avons vu que Masson regagnait la plage pour s'étendre au soleil. De loin, il paraissait énorme. Marie a voulu que nous nagions ensemble. Je me suis mis derrière elle pour la prendre par la taille et elle avançait à la force des bras pendant que je l'aidais en battant des pieds. Le petit bruit de l'eau battue nous a suivis dans le matin jusqu'à ce que je me sente fatigué. Alors j'ai laissé Marie et je suis rentré en nageant régulièrement et en respirant bien. Sur la plage, je me suis étendu à plat ventre près de Masson et j'ai mis ma figure dans le sable. Je lui ai dit que « c'était bon » et il était de cet avis. Peu après, Marie est venue. Je me suis retourné pour la regarder avancer. Elle était toute visqueuse d'eau salée et elle tenait ses cheveux en arrière. Elle s'est allongée flanc à flanc avec moi et les deux chaleurs de son corps et du soleil m'ont un peu endormi.

Marie m'a secoué et m'a dit que Masson était remonté chez lui, il fallait déjeuner. Je me suis levé tout de suite parce que j'avais faim, mais Marie m'a dit que je ne l'avais pas embrassée depuis ce matin. C'était vrai et pourtant j'en avais envie. « Viens dans l'eau », m'a-t-elle dit. Nous avons couru pour nous étaler dans les premières petites vagues. Nous avons fait quelques brasses et elle s'est collée contre moi. J'ai senti ses jambes autour des miennes et je l'ai désirée.

Quand nous sommes revenus, Masson nous appelait déjà. J'ai dit que j'avais très faim et il a déclaré tout de suite à sa femme que je lui plaisais. Le pain était bon, j'ai dévoré ma part de poisson. Il y avait ensuite de la viande et des pommes de terre frites Nous mangions tous sans parler. Masson buvait souvent du vin et il me servait sans arrêt. Au café, j'avais la tête un peu lourde et j'ai fumé beaucoup. Masson, Raymond et moi, nous avons envisagé de passer ensemble le mois d'août à la plage, à frais communs. Marie nous a dit tout d'un coup : « Vous savez quelle heure il est ? Il est onze heures et demie. » Nous étions tous étonnés, mais Masson a dit qu'on avait mangé très tôt, et que c'était naturel parce que l'heure du déjeuner, c'était l'heure où l'on avait faim. Je ne sais pas pourquoi cela a fait rire Marie. Je crois qu'elle avait un peu trop bu. Masson m'a demandé alors si je voulais me promener sur la plage avec lui. « Ma femme fait toujours la sieste après le déjeuner. Moi, je n'aime pas ça. Il faut que je marche. Je lui dis toujours que c'est meilleur pour la santé. Mais après tout, c'est son droit. » Marie a déclaré qu'elle resterait pour aider Mᵐᵉ Masson à faire la vaisselle. La petite Parisienne a dit que pour cela, il fallait mettre les hommes dehors. Nous sommes descendus tous les trois.

Le soleil tombait presque d'aplomb sur le sable et son éclat sur la mer était insoutenable. Il n'y avait plus personne sur la plage. Dans les cabanons qui bordaient le plateau et qui surplombaient la mer, on entendait des bruits d'assiettes et de couverts. On respirait à peine dans la chaleur de pierre qui montait du sol. Pour commencer, Raymond et Masson ont parlé de choses et de gens que je ne connaissais pas. J'ai compris qu'il y avait longtemps qu'ils se connaissaient et qu'ils avaient même vécu ensemble à un moment. Nous nous sommes dirigés vers l'eau et nous avons longé la mer. Quelquefois, une petite vague plus longue que l'autre venait mouiller nos souliers de toile. Je ne pensais à rien parce que j'étais à moitié endormi par ce soleil sur ma tête nue.

À ce moment, Raymond a dit à Masson quelque chose que j'ai mal entendu. Mais j'ai aperçu en même temps, tout au bout de la plage et très loin de nous, deux Arabes en bleu de chauffe qui venaient dans notre direction. J'ai regardé Raymond et il m'a dit : « C'est lui. » Nous avons continué à marcher. Masson a demandé comment ils avaient pu nous suivre jusque-là. J'ai pensé qu'ils avaient dû nous voir prendre l'autobus avec un sac de plage, mais je n'ai rien dit.

Les Arabes avançaient lentement et ils étaient déjà beaucoup plus rapprochés. Nous n'avons pas changé notre allure, mais Raymond a dit · « S'il y a de la bagarre, toi, Masson, tu prendras le deuxième. Moi, je me charge de mon type. Toi, Meursault, s'il en arrive un autre, il est pour toi. » J'ai dit : « Oui » et Masson a mis ses mains dans les poches. Le sable surchauffé me semblait rouge maintenant. Nous avancions d'un pas égal vers les Arabes. La distance entre nous a diminué régulièrement. Quand nous avons été à quelques pas les uns des autres, les Arabes se sont arrêtés. Masson et moi nous avons ralenti notre pas. Raymond est allé tout droit vers son type. J'ai mal entendu ce qu'il lui a dit, mais l'autre a fait mine de lui donner un coup de tête. Raymond a frappé alors une première fois et il a tout de suite appelé Masson. Masson est allé à celui qu'on lui avait désigné et il a frappé deux fois avec tout son poids. L'Arabe s'est aplati dans l'eau, la face contre le fond, et il est resté quelques secondes ainsi, des bulles crevant à la surface, autour de sa tête. Pendant ce temps Raymond aussi a frappé et l'autre avait la figure en sang. Raymond s'est retourné vers moi et a dit : « Tu vas voir ce qu'il va prendre. » Je lui ai crié : « Attention, il a un couteau ! » Mais déjà Raymond avait le bras ouvert et la bouche tailladée.

Masson a fait un bond en avant. Mais l'autre Arabe s'était relevé et il s'est placé derrière celui qui était armé. Nous n'avons pas osé bouger. Ils ont reculé lentement, sans cesser de nous regarder et de nous tenir en respect avec le couteau. Quand ils ont vu qu'ils avaient assez de champ, ils se sont enfuis très vite, pendant que nous restions cloués sous le soleil et que Raymond tenait serré son bras dégouttant de sang.

Masson a dit immédiatement qu'il y avait un docteur qui passait ses dimanches sur le plateau. Raymond a voulu y aller tout de suite. Mais chaque fois qu'il parlait, le sang de sa blessure faisait des bulles dans sa bouche. Nous l'avons soutenu et nous sommes revenus au cabanon aussi vite que possible. Là, Raymond a dit que ses blessures étaient superficielles et qu'il pouvait aller chez le docteur. Il est parti avec Masson et je suis resté pour expliquer aux femmes ce qui était arrivé. Mme Masson pleurait et Marie était très pâle. Moi, cela m'ennuyait de leur expliquer. J'ai fini par me taire et j'ai fumé en regardant la mer.

Vers une heure et demie, Raymond est revenu avec Masson. Il avait le bras bandé et du sparadrap au coin de la bouche. Le docteur lui avait dit que ce n'était rien, mais Raymond avait l'air très sombre. Masson a essayé de le faire rire. Mais il ne parlait toujours pas. Quand il a dit qu'il descendait sur la plage, je lui ai demandé où il allait. Masson et moi avons dit que nous allions l'accompagner. Alors, il s'est mis en colère et nous a insultés. Masson a déclaré qu'il ne fallait pas le contrarier. Moi, je l'ai suivi quand même.

Nous avons marché longtemps sur la plage. Le soleil était maintenant écrasant. Il se brisait en morceaux sur le sable et sur la mer. J'ai eu l'impression que Raymond savait où il allait, mais c'était sans doute faux. Tout au bout de la plage, nous sommes arrivés enfin à une petite source qui coulait dans le sable, derrière un gros rocher. Là, nous avons trouvé nos deux Arabes. Ils étaient couchés, dans leurs bleus de chauffe graisseux. Ils avaient l'air tout à fait calmes et presque contents. Notre venue n'a rien changé. Celui qui avait frappé Raymond le regardait sans rien dire. L'autre soufflait dans un petit roseau et répétait sans cesse, en nous regardant du coin de l'œil, les trois notes qu'il obtenait de son instrument.

Pendant tout ce temps, il n'y a plus eu que le soleil et ce silence, avec le petit bruit de la source et les trois notes. Puis Raymond a porté la main à sa poche revolver, mais l'autre n'a pas bougé et ils se regardaient toujours. J'ai remarqué que celui qui jouait de la flûte avait les doigts des pieds très écartés. Mais sans quitter des yeux son adversaire, Raymond m'a demandé : « Je le descends ? » J'ai pensé que si je disais non il s'exciterait tout seul et tirerait certainement. Je lui ai seulement dit : « Il ne t'a pas encore parlé. Ça ferait vilain de tirer comme ça. » On a encore entendu le petit bruit d'eau et de flûte au cœur du silence et de la chaleur. Puis Raymond a dit : « Alors, je vais l'insulter et quand il répondra, je le descendrai. » J'ai répondu : « C'est ça. Mais s'il ne sort pas son couteau, tu ne peux pas tirer. » Raymond a commencé à s'exciter un peu. L'autre jouait toujours et tous deux observaient chaque geste de Raymond. « Non, ai-je dit à Raymond. Prends-le d'homme à homme et donne-moi ton revolver. Si l'autre intervient, ou s'il tire son couteau, je le descendrai. »

Quand Raymond m'a donné son revolver, le soleil a glissé dessus. Pourtant, nous sommes restés encore immobiles comme si tout s'était refermé autour de nous. Nous nous regardions sans baisser les yeux et tout s'arrêtait ici entre la mer, le sable et le soleil, le double silence de la flûte et de l'eau. J'ai pensé à ce moment qu'on pouvait tirer ou ne pas tirer. Mais brusquement, les Arabes, à reculons, se sont coulés derrière le rocher. Raymond et moi sommes alors revenus sur nos pas. Lui paraissait mieux et il a parlé de l'autobus du retour.

Je l'ai accompagné jusqu'au cabanon et, pendant qu'il gravissait l'escalier de bois, je suis resté devant la première marche, la tête retentissante de soleil, découragé devant l'effort qu'il fallait faire pour monter l'étage de bois et aborder encore les femmes. Mais la chaleur était telle qu'il m'était pénible aussi de rester immobile sous la pluie aveuglante qui tombait du ciel. Rester ici ou partir, cela revenait au même. Au bout d'un moment, je suis retourné vers la plage et je me suis mis à marcher.

C'était le même éclatement rouge. Sur le sable, la mer haletait de toute la respiration rapide et étouffée de ses petites vagues. Je marchais lentement vers les rochers et je sentais mon front se gonfler sous le soleil. Toute cette chaleur s'appuyait sur moi et s'opposait à mon avance. Et chaque fois que je sentais son grand souffle chaud sur mon visage, je serrais les dents, je fermais les poings dans les poches de mon pantalon, je me tendais tout entier pour triompher du soleil et de cette ivresse opaque qu'il me déversait. À chaque épée de lumière jaillie du sable, d'un coquillage blanchi ou d'un débris de verre, mes mâchoires se crispaient. J'ai marché longtemps.

Je voyais de loin la petite masse sombre du rocher entourée d'un halo aveuglant par la lumière et la poussière de mer. Je pensais à la source fraîche derrière le rocher. J'avais envie de retrouver le murmure de son eau, envie de fuir le soleil, l'effort et les pleurs de femme, envie enfin de retrouver l'ombre et son repos. Mais quand j'ai été plus près, j'ai vu que le type de Raymond était revenu.

Il était seul. Il reposait sur le dos, les mains sous la nuque, le front dans les ombres du rocher, tout le corps au soleil. Son bleu de chauffe fumait dans la chaleur. J'ai été un peu surpris. Pour moi, c'était une histoire finie et j'étais venu là sans y penser.

Dès qu'il m'a vu, il s'est soulevé un peu et a mis la main dans sa poche. Moi, naturellement, j'ai serré le revolver de Raymond dans mon veston. Alors de nouveau, il s'est laissé aller en arrière, mais sans retirer la main de sa poche. J'étais assez loin de lui, à une dizaine de mètres. Je devinais son regard par instants, entre ses paupières mi-closes. Mais le plus souvent, son image dansait devant mes yeux, dans l'air enflammé. Le bruit des vagues était encore plus paresseux, plus étale qu'à midi. C'était le même soleil, la même lumière sur le même sable qui se prolongeait ici. Il y avait déjà deux heures que la journée n'avançait plus, deux heures qu'elle avait jeté l'ancre dans un océan de métal bouillant. À l'horizon, un petit vapeur est passé et j'en ai deviné la tache noire au bord de mon regard, parce que je n'avais pas cessé de regarder l'Arabe.

J'ai pensé que je n'avais qu'un demi-tour à faire et ce serait fini. Mais toute une plage vibrante de soleil se pressait derrière moi. J'ai fait quelques pas vers la source. L'Arabe n'a pas bougé. Malgré tout, il était encore assez loin. Peut-être à cause des ombres sur son visage, il avait l'air de rire. J'ai attendu. La brûlure du soleil gagnait mes joues et j'ai senti des gouttes de sueur s'amasser dans mes sourcils. C'était le même soleil que le jour où j'avais enterré maman et, comme alors, le front surtout me faisait mal et toutes ses veines battaient ensemble sous la peau. À cause de cette brûlure que je ne pouvais plus supporter, j'ai fait un mouvement en avant. Je savais que c'était stupide, que je ne me débarrasserais pas du soleil en me déplaçant d'un pas. Mais j'ai fait un pas, un seul pas en avant. Et cette fois, sans se soulever, l'Arabe a tiré son couteau qu'il m'a présenté dans le soleil. La lumière a giclé sur l'acier et c'était comme une longue lame étincelante qui m'atteignait au front. Au même instant, la sueur amassée dans mes sourcils a coulé d'un coup sur les paupières et les a recouvertes d'un voile tiède et épais. Mes yeux étaient aveuglés derrière ce rideau de larmes et de sel. Je ne sentais plus que les cymbales du soleil sur mon front et, indistinctement, le glaive éclatant jailli du couteau toujours en face de moi. Cette épée brûlante rongeait mes cils et fouillait mes yeux douloureux. C'est alors que tout a vacillé. La mer a charrié un souffle épais et ardent. Il m'a semblé que le ciel s'ouvrait sur toute son étendue pour laisser pleuvoir du feu. Tout mon être s'est tendu et j'ai crispé ma main sur le revolver. La gâchette a cédé, j'ai touché le ventre poli de la crosse et c'est là, dans le bruit à la fois sec et assourdissant que tout a commencé. J'ai secoué la sueur et le soleil. J'ai compris que j'avais détruit l'équilibre du jour, le silence exceptionnel d'une plage où j'avais été heureux. Alors, j'ai tiré encore quatre fois sur un corps inerte où les balles s'enfonçaient sans qu'il y parût. Et c'était comme quatre coups brefs que je frappais sur la porte du malheur.

DEUXIÈME PARTIE

I

Tout de suite après mon arrestation, j'ai été interrogé plusieurs fois. Mais il s'agissait d'interrogatoires d'identité qui n'ont pas duré longtemps. La première fois au commissariat, mon affaire semblait n'intéresser personne. Huit jours après, le juge d'instruction, au contraire, m'a regardé avec curiosité. Mais pour commencer, il m'a seulement demandé mon nom et mon adresse, ma profession, la date et le lieu de ma naissance. Puis il a voulu savoir si j'avais choisi un avocat. J'ai reconnu que non et je l'ai questionné pour savoir s'il était absolument nécessaire d'en avoir un. « Pourquoi ? » a-t-il dit. J'ai répondu que je trouvais mon affaire très simple. Il a souri en disant : « C'est un avis. Pourtant, la loi est là. Si vous ne choisissez pas d'avocat, nous en désignerons un d'office. » J'ai trouvé qu'il était très commode que la justice se chargeât de ces détails. Je le lui ai dit. Il m'a approuvé et a conclu que la loi était bien faite.

Au début, je ne l'ai pas pris au sérieux. Il m'a reçu dans une pièce tendue de rideaux, il avait sur son bureau une seule lampe qui éclairait le fauteuil où il m'a fait asseoir pendant que lui-même restait dans l'ombre. J'avais déjà lu une description semblable dans des livres et tout cela m'a paru un jeu. Après notre conversation, au contraire, je l'ai regardé et j'ai vu un homme aux traits fins, aux yeux bleus enfoncés, grand, avec une longue moustache grise et d'abondants cheveux presque blancs. Il m'a paru très raisonnable, et, somme toute, sympathique, malgré quelques tics nerveux qui lui tiraient la bouche. En sortant, j'allais même lui tendre la main, mais je me suis souvenu à temps que j'avais tué un homme.

Le lendemain, un avocat est venu me voir à la prison. Il était petit et rond, assez jeune, les cheveux soigneusement collés. Malgré la chaleur (j'étais en manches de chemise), il avait un costume sombre, un col cassé et une cravate bizarre à grosses raies noires et blanches. Il a posé sur mon lit la serviette qu'il portait sous le bras, s'est présenté et m'a dit qu'il avait étudié mon dossier. Mon affaire était délicate, mais il ne doutait pas du succès, si je lui faisais confiance. Je l'ai remercié et il m'a dit : « Entrons dans le vif du sujet. »

Il s'est assis sur le lit et m'a expliqué qu'on avait pris des renseignements sur ma vie privée. On avait su que ma mère était morte récemment à l'asile. On avait alors fait une enquête à Marengo. Les instructeurs avaient appris que « j'avais fait preuve d'insensibilité » le jour de l'enterrement de maman. « Vous comprenez, m'a dit mon avocat, cela me gêne un peu de vous demander cela. Mais c'est très important. Et ce sera un gros argument pour l'accusation, si je ne trouve rien à répondre. » Il voulait que je l'aide. Il m'a demandé si j'avais eu de la peine ce jour-là. Cette question m'a beaucoup étonné et il me semblait que j'aurais été très gêné si j'avais eu à la poser. J'ai répondu cependant que j'avais un peu perdu l'habitude de m'interroger et qu'il m'était difficile de le renseigner. Sans doute, j'aimais bien maman, mais cela ne voulait rien dire. Tous les êtres sains avaient plus ou moins souhaité la mort de ceux qu'ils aimaient. Ici, l'avocat m'a coupé et a paru très agité. Il m'a fait promettre de ne pas dire cela à l'audience, ni chez le magistrat instructeur. Cependant, je lui ai expliqué que j'avais une nature telle que mes besoins physiques dérangeaient souvent mes sentiments. Le jour où j'avais enterré maman, j'étais très fatigué, et j'avais sommeil. De sorte que je ne me suis pas rendu compte de ce qui se passait. Ce que je pouvais dire à coup sûr, c'est que j'aurais préféré que maman ne mourût pas. Mais mon avocat n'avait pas l'air content. Il m'a dit : « Ceci n'est pas assez. »

Il a réfléchi. Il m'a demandé s'il pouvait dire que ce jour-là j'avais dominé mes sentiments naturels. Je lui ai dit : « Non, parce que c'est faux. » Il m'a regardé d'une façon bizarre, comme si je lui inspirais un peu de dégoût. Il m'a dit presque méchamment que dans tous les cas le directeur et le personnel de l'asile seraient entendus comme témoins et que « cela pouvait me jouer un très sale tour ». Je lui ai fait remarquer que cette histoire n'avait pas de rapport avec mon affaire, mais il m'a répondu seulement qu'il était visible que je n'avais jamais eu de rapports avec la justice.

Il est parti avec un air fâché. J'aurais voulu le retenir, lui expliquer que je désirais sa sympathie, non pour être mieux défendu, mais, si je puis dire, naturellement. Surtout, je voyais que je le mettais mal à l'aise. Il ne me comprenait pas et il m'en voulait un peu. J'avais le désir de lui affirmer que j'étais comme tout le monde, absolument comme tout le monde. Mais tout cela, au fond, n'avait pas grande utilité et j'y ai renoncé par paresse.

Peu de temps après, j'étais conduit de nouveau devant le juge d'instruction. Il était deux heures de l'après-midi et cette fois, son bureau était plein d'une lumière à peine tamisée par un rideau de voile. Il faisait très chaud. Il m'a fait asseoir et, avec beaucoup de courtoisie, m'a déclaré que mon avocat, « par suite d'un contretemps », n'avait pu venir. Mais j'avais le droit de ne pas répondre à ses questions et d'attendre que mon avocat pût m'assister. J'ai dit que je pouvais répondre seul. Il a touché du doigt un bouton sur la table. Un jeune greffier est venu s'installer presque dans mon dos.

Nous nous sommes tous les deux carrés dans nos fauteuils. L'interrogatoire a commencé. Il m'a d'abord dit qu'on me dépeignait comme étant d'un caractère taciturne et renfermé et il a voulu savoir ce que j'en pensais. J'ai répondu : « C'est que je n'ai jamais grand-chose à dire. Alors je me tais. » Il a souri comme la première fois, a reconnu que c'était la meilleure des raisons et a ajouté : « D'ailleurs, cela n'a aucune importance. » Il s'est tu, m'a regardé et s'est redressé assez brusquement pour me dire très vite : « Ce qui m'intéresse, c'est vous. » Je n'ai pas bien compris ce qu'il entendait par là et je n'ai rien répondu. « Il y a des choses, a-t-il ajouté, qui m'échappent dans votre geste. Je suis sûr que vous allez m'aider à les comprendre. » J'ai dit que tout était très simple. Il m'a pressé de lui retracer ma journée. Je lui ai retracé ce que déjà je lui avais raconté : Raymond, la plage, le bain, la querelle, encore la plage, la petite source, le soleil et les cinq coups de revolver. À chaque phrase il disait : « Bien, bien. » Quand je suis arrivé au corps étendu, il a approuvé en disant : « Bon. » Moi, j'étais lassé de répéter ainsi la même histoire et il me semblait que je n'avais jamais autant parlé.

Après un silence, il s'est levé et m'a dit qu'il voulait m'aider, que je l'intéressais et qu'avec l'aide de Dieu, il ferait quelque chose pour moi. Mais auparavant, il voulait me poser encore quelques questions. Sans transition, il m'a demandé si j'aimais maman. J'ai dit : « Oui, comme tout le monde » et le greffier, qui jusqu'ici tapait régulièrement sur sa machine, a dû se tromper de touches, car il s'est embarrassé et a été obligé de revenir en arrière. Toujours sans logique apparente, le juge m'a alors demandé si j'avais tiré les cinq coups de revolver à la suite. J'ai réfléchi et précisé que j'avais tiré une seule fois d'abord et, après quelques secondes, les quatre autres coups. « Pourquoi avez-vous attendu entre le premier et le second coup ? » dit-il alors. Une fois de plus, j'ai revu la plage rouge et j'ai senti sur mon front la brûlure du soleil. Mais cette fois, je n'ai rien répondu. Pendant tout le silence qui a suivi le juge a eu l'air de s'agiter. Il s'est assis, a fourragé dans ses cheveux, a mis ses coudes sur son bureau et s'est penché un peu vers moi avec un air étrange : « Pourquoi, pourquoi avez-vous tiré sur un corps à terre ? » Là encore, je n'ai pas su répondre. Le juge a passé ses mains sur son front et a répété sa question d'une voix un peu altérée : « Pourquoi ? Il faut que vous me le disiez. Pourquoi ? » Je me taisais toujours.

Brusquement, il s'est levé, a marché à grands pas vers une extrémité de son bureau et a ouvert un tiroir dans un classeur. Il en a tiré un crucifix d'argent qu'il a brandi en revenant vers moi. Et d'une voix toute changée, presque tremblante, il s'est écrié : « Est-ce que vous le connaissez, celui-là ? » J'ai dit : « Oui, naturellement. » Alors il m'a dit très vite et d'une façon passionnée que lui croyait en Dieu, que sa conviction était qu'aucun homme n'était assez coupable pour que Dieu ne lui pardonnât pas, mais qu'il fallait pour cela que l'homme par son repentir devînt comme un enfant dont l'âme est vide et prête à tout accueillir. Il avait tout son corps penché sur la table. Il agitait son crucifix presque au-dessus de moi. À vrai dire, je l'avais très mal suivi dans son raisonnement, d'abord parce que j'avais chaud et qu'il y avait dans son cabinet de grosses mouches qui se posaient sur ma figure, et aussi parce qu'il me faisait un peu peur. Je reconnaissais en même temps que c'était ridicule parce que, après tout, c'était moi le criminel. Il a continué pourtant. J'ai à peu près compris qu'à son avis il n'y avait qu'un point d'obscur dans ma confession, le fait d'avoir attendu pour tirer mon second coup de revolver. Pour le reste, c'était très bien, mais cela, il ne le comprenait pas.

J'allais lui dire qu'il avait tort de s'obstiner : ce dernier point n'avait pas tellement d'importance. Mais il m'a coupé et m'a exhorté une dernière fois, dressé de toute sa hauteur, en me demandant si je croyais en Dieu. J'ai répondu que non. Il s'est assis avec indignation. Il m'a dit que c'était impossible, que tous les hommes croyaient en Dieu, même ceux qui se détournaient de son visage. C'était là sa conviction et, s'il devait jamais en douter, sa vie n'aurait plus de sens. « Voulez-vous, s'est-il exclamé, que ma vie n'ait pas de sens ? » À mon avis, cela ne me regardait pas et je le lui ai dit. Mais à travers la table, il avançait déjà le Christ sous mes yeux et s'écriait d'une façon déraisonnable : « Moi, je suis chrétien. Je demande pardon de tes fautes à celui-là. Comment peux-tu ne pas croire qu'il a souffert pour toi ? » J'ai bien remarqué qu'il me tutoyait, mais j'en avais assez. La chaleur se faisait de plus en plus grande. Comme toujours, quand j'ai envie de me débarrasser de quelqu'un que j'écoute à peine, j'ai eu l'air d'approuver. À ma surprise, il a triomphé : « Tu vois, tu vois, disait-il. N'est-ce pas que tu crois et que tu vas te confier à lui ? » Évidemment, j'ai dit non une fois de plus. Il est retombé sur son fauteuil.

Il avait l'air très fatigué. Il est resté un moment silencieux pendant que la machine, qui n'avait pas cessé de suivre le dialogue, en prolongeait encore les dernières phrases. Ensuite, il m'a regardé attentivement et avec un peu de tristesse. Il a murmuré : « Je n'ai jamais vu d'âme aussi endurcie que la vôtre. Les criminels qui sont venus devant moi ont toujours pleuré devant cette image de la douleur. » J'allais répondre que c'était justement parce qu'il s'agissait de criminels. Mais j'ai pensé que moi aussi j'étais comme eux. C'était une idée à quoi je ne pouvais pas me faire. Le juge s'est alors levé, comme s'il me signifiait que l'interrogatoire était terminé. Il m'a seulement demandé du même air un peu las si je regrettais mon acte. J'ai réfléchi et j'ai dit que, plutôt que du regret véritable, j'éprouvais un certain ennui. J'ai eu l'impression qu'il ne me comprenait pas. Mais ce jour-là les choses ne sont pas allées plus loin.

Par la suite j'ai souvent revu le juge d'instruction. Seulement, j'étais accompagné de mon avocat à chaque fois. On se bornait à me faire préciser certains points de mes déclarations précédentes. Ou bien encore le juge discutait les charges avec mon avocat. Mais en vérité ils ne s'occupaient jamais de moi à ces moments-là. Peu à peu en tout cas, le ton des interrogatoires a changé. Il semblait que le juge ne s'intéressât plus à moi et qu'il eût classé mon cas en quelque sorte. Il ne m'a plus parlé de Dieu et je ne l'ai jamais revu dans l'excitation de ce premier jour.

Le résultat, c'est que nos entretiens sont devenus plus cordiaux. Quelques questions, un peu de conversation avec mon avocat, les interrogatoires étaient finis. Mon affaire suivait son cours, selon l'expression même du juge. Quelquefois aussi, quand la conversation était d'ordre général, on m'y mêlait. Je commençais à respirer. Personne, en ces heures-là, n'était méchant avec moi. Tout était si naturel, si bien réglé et si sobrement joué que j'avais l'impression ridicule de « faire partie de la famille » Et au bout des onze mois qu'a duré cette instruction, je peux dire que je m'étonnais presque de m'être jamais réjoui d'autre chose que de ces rares instants où le juge me reconduisait à la porte de son cabinet en me frappant sur l'épaule et en me disant d'un air cordial : « C'est fini pour aujourd'hui, monsieur l'Antéchrist. » On me remettait alors entre les mains des gendarmes.

II

Il y a des choses dont je n'ai jamais aimé parler.
Quand je suis entré en prison, j'ai compris au bout
de quelques jours que je n'aimerais pas parler de
cette partie de ma vie.

Plus tard, je n'ai plus trouvé d'importance à ces
répugnances. En réalité, je n'étais pas réellement en
prison les premiers jours : j'attendais vaguement
quelque événement nouveau. C'est seulement après
la première et la seule visite de Marie que tout a
commencé. Du jour où j'ai reçu sa lettre (elle me
disait qu'on ne lui permettait plus de venir parce
qu'elle n'était pas ma femme), de ce jour-là, j'ai senti
que j'étais chez moi dans ma cellule et que ma vie s'y
arrêtait. Le jour de mon arrestation, on m'a d'abord
enfermé dans une chambre où il y avait déjà plusieurs détenus, la plupart des Arabes. Ils ont ri en me
voyant. Puis ils m'ont demandé ce que j'avais fait.
J'ai dit que j'avais tué un Arabe et ils sont restés
silencieux. Mais un moment après, le soir est tombé.
Ils m'ont expliqué comment il fallait arranger la
natte où je devais coucher. En roulant une des extré-
mités, on pouvait en faire un traversin. Toute la nuit,
des punaises ont couru sur mon visage. Quelques

jours après, on m'a isolé dans une cellule où je couchais sur un bat-flanc de bois. J'avais un baquet d'aisances et une cuvette de fer. La prison était tout en haut de la ville et, par une petite fenêtre, je pouvais voir la mer. C'est un jour que j'étais agrippé aux barreaux, mon visage tendu vers la lumière, qu'un gardien est entré et m'a dit que j'avais une visite. J'ai pensé que c'était Marie. C'était bien elle.

J'ai suivi pour aller au parloir un long corridor, puis un escalier et pour finir un autre couloir. Je suis entré dans une très grande salle éclairée par une vaste baie. La salle était séparée en trois parties par deux grandes grilles qui la coupaient dans sa longueur. Entre les deux grilles se trouvait un espace de huit à dix mètres qui séparait les visiteurs des prisonniers. J'ai aperçu Marie en face de moi avec sa robe à raies et son visage bruni. De mon côté, il y avait une dizaine de détenus, des Arabes pour la plupart. Marie était entourée de Mauresques et se trouvait entre deux visiteuses : une petite vieille aux lèvres serrées, habillée de noir, et une grosse femme en cheveux qui parlait très fort avec beaucoup de gestes. À cause de la distance entre les grilles, les visiteurs et les prisonniers étaient obligés de parler très haut. Quand je suis entré, le bruit des voix qui rebondissaient contre les grands murs nus de la salle, la lumière crue qui coulait du ciel sur les vitres et rejaillissait dans la salle, me causèrent une sorte d'étourdissement. Ma cellule était plus calme et plus sombre. Il m'a fallu quelques secondes pour m'adapter. Pourtant, j'ai fini par voir chaque visage avec netteté, détaché dans le plein jour. J'ai observé qu'un gardien se tenait assis à l'extrémité du couloir entre les deux grilles. La plupart des prisonniers arabes ainsi que leurs familles s'étaient accroupis en vis-àvis. Ceux-là ne criaient pas. Malgré le tumulte, ils parvenaient à s'entendre en parlant très bas. Leur murmure sourd, parti de plus bas, formait comme une basse continue aux conversations qui s'entre-croisaient au-dessus de leurs têtes. Tout cela, je l'ai remarqué très vite en m'avançant vers Marie. Déjà collée contre la grille, elle me souriait de toutes ses forces. Je l'ai trouvée très belle, mais je n'ai pas su le lui dire.

« Alors ? m'a-t-elle dit très haut. — Alors, voilà. — Tu es bien, tu as tout ce que tu veux ? — Oui, tout. »

Nous nous sommes tus et Marie souriait toujours. La grosse femme hurlait vers mon voisin, son mari sans doute, un grand type blond au regard franc. C'était la suite d'une conversation déjà commencée.

« Jeanne n'a pas voulu le prendre, criait-elle à tue-tête. — Oui, oui, disait l'homme. — Je lui ai dit que tu le reprendrais en sortant, mais elle n'a pas voulu le prendre. »

Marie a crié de son côté que Raymond me donnait le bonjour et j'ai dit : « Merci. » Mais ma voix a été couverte par mon voisin qui a demandé « s'il allait bien ». Sa femme a ri en disant « qu'il ne s'était jamais mieux porté ». Mon voisin de gauche, un petit jeune homme aux mains fines, ne disait rien. J'ai remarqué qu'il était en face de la petite vieille et que tous les deux se regardaient avec intensité. Mais je n'ai pas eu le temps de les observer plus longtemps parce que Marie m'a crié qu'il fallait espérer. J'ai dit : « Oui. » En même temps, je la regardais et j'avais envie de serrer son épaule par-dessus sa robe. J'avais envie de ce tissu fin et je ne savais pas très bien ce qu'il fallait espérer en dehors de lui. Mais c'était bien sans doute ce que Marie voulait dire parce qu'elle souriait toujours. Je ne voyais plus que l'éclat de ses dents et les petits plis de ses yeux. Elle a crié de nouveau : « Tu sortiras et on se mariera ! » J'ai répondu : « Tu crois ? » mais c'était surtout pour dire quelque chose. Elle a dit alors très vite et toujours très haut que oui, que je serais acquitté et qu'on prendrait encore des bains. Mais l'autre femme hurlait de son côté et disait qu'elle avait laissé un panier au greffe. Elle énumérait tout ce qu'elle y avait mis. Il fallait vérifier, car tout cela coûtait cher. Mon autre voisin et sa mère se regardaient toujours. Le murmure des Arabes continuait au-dessous de nous. Dehors la lumière a semblé se gonfler contre la baie.

Je me sentais un peu malade et j'aurais voulu partir. Le bruit me faisait mal. Mais d'un autre côté, je voulais profiter encore de la présence de Marie. Je ne sais pas combien de temps a passé. Marie m'a parlé de son travail et elle souriait sans arrêt. Le murmure, les cris, les conversations se croisaient. Le seul îlot de silence était à côté de moi dans ce petit jeune homme et cette vieille qui se regardaient. Peu à peu, on a emmené les Arabes. Presque tout le monde s'est tu dès que le premier est sorti. La petite vieille s'est rapprochée des barreaux et, au même moment, un gardien a fait signe à son fils. Il a dit : « Au revoir, maman » et elle a passé sa main entre deux barreaux pour lui faire un petit signe lent et prolongé.

Elle est partie pendant qu'un homme entrait, le chapeau à la main, et prenait sa place. On a introduit un prisonnier et ils se sont parlé avec animation, mais à demi-voix, parce que la pièce était redevenue silencieuse. On est venu chercher mon voisin de droite et sa femme lui a dit sans baisser le ton comme si elle n'avait pas remarqué qu'il n'était plus nécessaire de crier : « Soigne-toi bien et fais attention. » Puis est venu mon tour. Marie a fait signe qu'elle m'embrassait. Je me suis retourné avant de disparaître. Elle était immobile, le visage écrasé contre la grille, avec le même sourire écartelé et crispé.

C'est peu après qu'elle m'a écrit. Et c'est à partir de ce moment qu'ont commencé les choses dont je n'ai jamais aimé parler. De toute façon, il ne faut rien exagérer et cela m'a été plus facile qu'à d'autres. Au début de ma détention, pourtant, ce qui a été le plus dur, c'est que j'avais des pensées d'homme libre. Par exemple, l'envie me prenait d'être sur une plage et de descendre vers la mer. À imaginer le bruit des premières vagues sous la plante de mes pieds, l'entrée du corps dans l'eau et la délivrance que j'y trouvais, je sentais tout d'un coup combien les murs de ma prison étaient rapprochés. Mais cela dura quelques mois. Ensuite, je n'avais que des pensées de prisonnier. J'attendais la promenade quotidienne que je faisais dans la cour ou la visite de mon avocat. Je m'arrangeais très bien avec le reste de mon temps. J'ai souvent pensé alors que si l'on m'avait fait vivre dans un tronc d'arbre sec, sans autre occupation que de regarder la fleur du ciel au-dessus de ma tête, je m'y serais peu à peu habitué. J'aurais attendu des passages d'oiseaux ou des rencontres de nuages comme j'attendais ici les curieuses cravates de mon avocat et comme, dans un autre monde, je patientais jusqu'au samedi pour étreindre le corps de Marie. Or, à bien réfléchir, je n'étais pas dans un arbre sec. Il y avait plus malheureux que moi. C'était d'ailleurs une idée de maman, et elle le répétait souvent, qu'on finissait par s'habituer à tout.

Du reste, je n'allais pas si loin d'ordinaire. Les premiers mois ont été durs. Mais justement l'effort que j'ai dû faire aidait à les passer. Par exemple, j'étais tourmenté par le désir d'une femme. C'était naturel, j'étais jeune. Je ne pensais jamais à Marie particulièrement. Mais je pensais tellement à une femme, aux femmes, à toutes celles que j'avais connues, à toutes les circonstances où je les avais aimées, que ma cellule s'emplissait de tous les visages et se peuplait de mes désirs. Dans un sens, cela me déséquilibrait. Mais dans un autre, cela tuait le temps. J'avais fini par gagner la sympathie du gardien-chef qui accompagnait à l'heure des repas le garçon de cuisine. C'est lui qui, d'abord, m'a parlé des femmes. Il m'a dit que c'était la première chose dont se plaignaient les autres. Je lui ai dit que j'étais comme eux et que je trouvais ce traitement injuste. « Mais, a-t-il dit, c'est justement pour ça qu'on vous met en prison. — Comment, pour ça? — Mais oui, la liberté, c'est ça. On vous prive de la liberté. » Je n'avais jamais pensé à cela. Je l'ai approuvé : « C'est vrai, lui ai-je dit, où serait la punition? — Oui, vous comprenez les choses, vous. Les autres non. Mais ils finissent par se soulager eux-mêmes. » Le gardien est parti ensuite.

Il y a eu aussi les cigarettes. Quand je suis entré en prison, on m'a pris ma ceinture, mes cordons de souliers, ma cravate et tout ce que je portais dans mes poches, mes cigarettes en particulier. Une fois en cellule, j'ai demandé qu'on me les rende. Mais on m'a dit que c'était défendu. Les premiers jours ont été très durs. C'est peut-être cela qui m'a le plus abattu. Je suçais des morceaux de bois que j'arrachais de la planche de mon lit. Je promenais toute la journée une nausée perpétuelle. Je ne comprenais pas pourquoi on me privait de cela qui ne faisait de mal à personne. Plus tard, j'ai compris que cela faisait partie aussi de la punition. Mais à ce moment-là, je m'étais habitué à ne plus fumer et cette punition n'en était plus une pour moi.

À part ces ennuis, je n'étais pas trop malheureux. Toute la question, encore une fois, était de tuer le temps. J'ai fini par ne plus m'ennuyer du tout à partir de l'instant où j'ai appris à me souvenir. Je me mettais quelquefois à penser à ma chambre et, en imagination, je partais d'un coin pour y revenir en dénombrant mentalement tout ce qui se trouvait sur mon chemin. Au début, c'était vite fait. Mais chaque fois que je recommençais, c'était un peu plus long. Car je me souvenais de chaque meuble, et, pour chacun d'entre eux, de chaque objet qui s'y trouvait et, pour chaque objet, de tous les détails et pour les détails eux-mêmes, une incrustation, une fêlure ou un bord ébréché, de leur couleur ou de leur grain. En même temps, j'essayais de ne pas perdre le fil de mon inventaire, de faire une énumération complète. Si bien qu'au bout de quelques semaines, je pouvais passer des heures, rien qu'à dénombrer ce qui se trouvait dans ma chambre. Ainsi, plus je réfléchissais et plus de choses méconnues et oubliées je sortais de ma mémoire. J'ai compris alors qu'un homme qui n'aurait vécu qu'un seul jour pourrait sans peine vivre cent ans dans une prison. Il aurait assez de souvenirs pour ne pas s'ennuyer. Dans un sens, c'était un avantage.

Il y avait aussi le sommeil. Au début, je dormais mal la nuit et pas du tout le jour. Peu à peu, mes nuits ont été meilleures et j'ai pu dormir aussi le jour. Je peux dire que, dans les derniers mois, je dormais de seize à dix-huit heures par jour. Il me restait alors six heures à tuer avec les repas, les besoins naturels, mes souvenirs et l'histoire du Tchécoslovaque.

Entre ma paillasse et la planche du lit, j'avais trouvé, en effet, un vieux morceau de journal presque collé à l'étoffe, jauni et transparent. Il relatait un fait divers dont le début manquait, mais qui avait dû se passer en Tchécoslovaquie. Un homme était parti d'un village tchèque pour faire fortune. Au bout de vingt-cinq ans, riche, il était revenu avec une femme et un enfant. Sa mère tenait un hôtel avec sa sœur dans son village natal. Pour les surprendre, il avait laissé sa femme et son enfant dans un autre établissement, était allé chez sa mère qui ne l'avait pas reconnu quand il était entré. Par plaisanterie, il avait eu l'idée de prendre une chambre. Il avait montré son argent. Dans la nuit, sa mère et sa sœur l'avaient assassiné à coups de marteau pour le voler et avaient jeté son corps dans la rivière. Le matin, la femme était venue, avait révélé sans le savoir l'identité du voyageur. La mère s'était pendue. La sœur s'était jetée dans un puits. J'ai dû lire cette histoire des milliers de fois. D'un côté, elle était invraisemblable. D'un autre, elle était naturelle. De toute façon, je trouvais que le voyageur l'avait un peu mérité et qu'il ne faut jamais jouer.

Ainsi, avec les heures de sommeil, les souvenirs, la lecture de mon fait divers et l'alternance de la lumière et de l'ombre, le temps a passé. J'avais bien lu qu'on finissait par perdre la notion du temps en prison. Mais cela n'avait pas beaucoup de sens pour moi. Je n'avais pas compris à quel point les jours pouvaient être à la fois longs et courts. Longs à vivre sans doute, mais tellement distendus qu'ils finissaient par déborder les uns sur les autres. Ils y perdaient leur nom. Les mots hier ou demain étaient les seuls qui gardaient un sens pour moi.

Lorsqu'un jour, le gardien m'a dit que j'étais là

depuis cinq mois, je l'ai cru, mais je ne l'ai pas compris. Pour moi, c'était sans cesse le même jour qui déferlait dans ma cellule et la même tâche que je poursuivais. Ce jour-là, après le départ du gardien, je me suis regardé dans ma gamelle de fer. Il m'a semblé que mon image restait sérieuse alors même que j'essayais de lui sourire. Je l'ai agitée devant moi. J'ai souri et elle a gardé le même air sévère et triste. Le jour finissait et c'était l'heure dont je ne veux pas parler, l'heure sans nom, où les bruits du soir montaient de tous les étages de la prison dans un cortège de silence. Je me suis approché de la lucarne et, dans la dernière lumière, j'ai contemplé une fois de plus mon image. Elle était toujours sérieuse, et quoi d'étonnant puisque, à ce moment, je l'étais aussi? Mais en même temps et pour la première fois depuis des mois, j'ai entendu distinctement le son de ma voix. Je l'ai reconnue pour celle qui résonnait déjà depuis de longs jours à mes oreilles et j'ai compris que pendant tout ce temps j'avais parlé seul. Je me suis souvenu alors de ce que disait l'infirmière à l'enterrement de maman. Non, il n'y avait pas d'issue et personne ne peut imaginer ce que sont les soirs dans les prisons.

III

Je peux dire qu'au fond l'été a très vite remplacé
l'été. Je savais qu'avec la montée des premières chaleurs surviendrait quelque chose de nouveau pour
moi. Mon affaire était inscrite à la dernière session
de la cour d'assises et cette session se terminerait
avec le mois de juin. Les débats se sont ouverts avec,
au-dehors, tout le plein du soleil. Mon avocat
m'avait assuré qu'ils ne dureraient pas plus de deux
ou trois jours. « D'ailleurs, avait-il ajouté, la cour
sera pressée parce que votre affaire n'est pas la plus
importante de la session. Il y a un parricide qui pas-
sera tout de suite après. »

À sept heures et demie du matin, on est venu me
chercher et la voiture cellulaire m'a conduit au
palais de justice. Les deux gendarmes m'ont fait
entrer dans une petite pièce qui sentait l'ombre.
Nous avons attendu, assis près d'une porte derrière
laquelle on entendait des voix, des appels, des bruits
de chaises et tout un remue-ménage qui m'a fait penser à ces fêtes de quartier où, après le concert, on
range la salle pour pouvoir danser. Les gendarmes
m'ont dit qu'il fallait attendre la cour et l'un d'eux
m'a offert une cigarette que j'ai refusée. Il m'a

demandé peu après « si j'avais le trac ». J'ai répondu que non. Et même, dans un sens, cela m'intéressait de voir un procès. Je n'en avais jamais eu l'occasion dans ma vie : « Oui, a dit le second gendarme, mais cela finit par fatiguer. »

Après un peu de temps, une petite sonnerie a résonné dans la pièce. Ils m'ont alors ôté les menottes. Ils ont ouvert la porte et m'ont fait entrer dans le box des accusés. La salle était pleine à craquer. Malgré les stores, le soleil s'infiltrait par endroits et l'air était déjà étouffant. On avait laissé les vitres closes. Je me suis assis et les gendarmes m'ont encadré. C'est à ce moment que j'ai aperçu une rangée de visages devant moi. Tous me regardaient : j'ai compris que c'étaient les jurés. Mais je ne peux pas dire ce qui les distinguait les uns des autres. Je n'ai eu qu'une impression : j'étais devant une banquette de tramway et tous ces voyageurs anonymes épiaient le nouvel arrivant pour en apercevoir les ridicules. Je sais bien que c'était une idée niaise puisque ici ce n'était pas le ridicule qu'ils cherchaient, mais le crime. Cependant la différence n'est pas grande et c'est en tout cas l'idée qui m'est venue.

J'étais un peu étourdi aussi par tout ce monde dans cette salle close. J'ai regardé encore le prétoire et je n'ai distingué aucun visage. Je crois bien que d'abord je ne m'étais pas rendu compte que tout le monde se pressait pour me voir. D'habitude, les gens ne s'occupaient pas de ma personne. Il m'a fallu un effort pour comprendre que j'étais la cause de toute cette agitation. J'ai dit au gendarme : « Que de monde ! » Il m'a répondu que c'était à cause des journaux et il m'a montré un groupe qui se tenait près d'une table sous le banc des jurés. Il m'a dit : « Les voilà. » J'ai demandé. « Qui ? » et il a répété : « Les journaux. » Il connaissait l'un des journalistes qui l'a vu à ce moment et qui s'est dirigé vers nous. C'était un homme déjà âgé, sympathique, avec un visage un peu grimaçant. Il a serré la main du gendarme avec beaucoup de chaleur. J'ai remarqué à ce moment que tout le monde se rencontrait, s'interpellait et conversait, comme dans un club où l'on est heureux de se retrouver entre gens du même monde. Je me suis expliqué aussi la bizarre impression que j'avais d'être de trop, un peu comme un intrus. Pourtant, le journaliste s'est adressé à moi en souriant. Il m'a dit qu'il espérait que tout irait bien pour moi. Je l'ai remercié et il a ajouté : « Vous savez, nous avons monté un peu votre affaire. L'été, c'est la saison creuse pour les journaux. Et il n'y avait que votre histoire et celle du parricide qui vaillent quelque chose. » Il m'a montré ensuite, dans le groupe qu'il venait de quitter, un petit bonhomme qui ressemblait à une belette engraissée, avec d'énormes lunettes cerclées de noir. Il m'a dit que c'était l'envoyé spécial d'un journal de Paris : « Il n'est pas venu pour vous, d'ailleurs. Mais comme il est chargé de rendre compte du procès du parricide, on lui a demandé de câbler votre affaire en même temps. » Là encore, j'ai failli le remercier. Mais j'ai pensé que ce serait ridicule. Il m'a fait un petit signe cordial de la main et nous a quittés. Nous avons encore attendu quelques minutes.

Mon avocat est arrivé, en robe, entouré de beaucoup d'autres confrères. Il est allé vers les journalistes, a serré des mains. Ils ont plaisanté, ri et ils avaient l'air tout à fait à leur aise, jusqu'au moment où la sonnerie a retenti dans le prétoire. Tout le monde a regagné sa place. Mon avocat est venu vers

85

moi, m'a serré la main et m'a conseillé de répondre brièvement aux questions qu'on me poserait, de ne pas prendre d'initiatives et de me reposer sur lui pour le reste.

À ma gauche, j'ai entendu le bruit d'une chaise qu'on reculait et j'ai vu un grand homme mince, vêtu de rouge, portant lorgnon, qui s'asseyait en pliant sa robe avec soin. C'était le procureur. Un huissier a annoncé la cour. Au même moment, deux gros ventilateurs ont commencé de vrombir. Trois juges, deux en noir, le troisième en rouge, sont entrés avec des dossiers et ont marché très vite vers la tribune qui dominait la salle. L'homme en robe rouge s'est assis sur le fauteuil du milieu, a posé sa toque devant lui, essuyé son petit crâne chauve avec un mouchoir et déclaré que l'audience était ouverte.

Les journalistes tenaient déjà leur stylo en main. Ils avaient tous le même air indifférent et un peu narquois. Pourtant, l'un d'entre eux, beaucoup plus jeune, habillé en flanelle grise avec une cravate bleue, avait laissé son stylo devant lui et me regardait. Dans son visage un peu asymétrique, je ne voyais que ses deux yeux, très clairs, qui m'examinaient attentivement, sans rien exprimer qui fût définissable. Et j'ai eu l'impression bizarre d'être regardé par moi-même. C'est peut-être pour cela, et aussi parce que je ne connaissais pas les usages du lieu, que je n'ai pas très bien compris tout ce qui s'est passé ensuite, le tirage au sort des jurés, les questions posées par le président à l'avocat, au procureur et au jury (à chaque fois, toutes les têtes des jurés se retournaient en même temps vers la cour), une lecture rapide de l'acte d'accusation, où je reconnaissais des noms de lieux et de personnes, et de nouvelles questions à mon avocat.

Mais le président a dit qu'il allait faire procéder à l'appel des témoins. L'huissier a lu des noms qui ont attiré mon attention. Du sein de ce public tout à l'heure informe, j'ai vu se lever un à un, pour disparaître ensuite par une porte latérale, le directeur et le concierge de l'asile, le vieux Thomas Pérez, Raymond, Masson, Salamano, Marie. Celle-ci m'a fait un petit signe anxieux. Je m'étonnais encore de ne pas les avoir aperçus plus tôt, lorsque à l'appel de son nom, le dernier, Céleste, s'est levé. J'ai reconnu à côté de lui la petite bonne femme du restaurant, avec sa jaquette et son air précis et décidé. Elle me regardait avec intensité. Mais je n'ai pas eu le temps de réfléchir parce que le président a pris la parole. Il a dit que les véritables débats allaient commencer et qu'il croyait inutile de recommander au public d'être calme. Selon lui, il était là pour diriger avec impartialité les débats d'une affaire qu'il voulait considérer avec objectivité. La sentence rendue par le jury serait prise dans un esprit de justice et, dans tous les cas, il ferait évacuer la salle au moindre incident.

La chaleur montait et je voyais dans la salle les assistants s'éventer avec des journaux. Cela faisait un petit bruit continu de papier froissé. Le président a fait un signe et l'huissier a apporté trois éventails de paille tressée que les trois juges ont utilisés immédiatement.

Mon interrogatoire a commencé aussitôt. Le président m'a questionné avec calme et même, m'a-t-il semblé, avec une nuance de cordialité. On m'a encore fait décliner mon identité et malgré mon agacement, j'ai pensé qu'au fond c'était assez naturel, parce qu'il serait trop grave de juger un homme pour un autre. Puis le président a recommencé le récit de ce que j'avais fait, en s'adressant à moi toutes les trois phrases pour me demander : « Est-ce bien cela ? » À chaque fois, j'ai répondu : « Oui, monsieur le Président », selon les instructions de mon avocat. Cela a été long parce que le président apportait beaucoup de minutie dans son récit. Pendant tout ce temps, les journalistes écrivaient. Je sentais les regards du plus jeune d'entre eux et de la petite automate. La banquette de tramway était tout entière tournée vers le président. Celui-ci a toussé, feuilleté son dossier et il s'est tourné vers moi en s'éventant.

Il m'a dit qu'il devait aborder maintenant des questions apparemment étrangères à mon affaire, mais qui peut-être la touchaient de fort près. J'ai compris qu'il allait encore parler de maman et j'ai senti en même temps combien cela m'ennuyait. Il m'a demandé pourquoi j'avais mis maman à l'asile. J'ai répondu que c'était parce que je manquais d'argent pour la faire garder et soigner. Il m'a demandé si cela m'avait coûté personnellement et j'ai répondu que ni maman ni moi n'attendions plus rien l'un de l'autre, ni d'ailleurs de personne, et que nous nous étions habitués tous les deux à nos vies nouvelles. Le président a dit alors qu'il ne voulait pas insister sur ce point et il a demandé au procureur s'il ne voyait pas d'autre question à me poser.

Celui-ci me tournait à demi le dos et, sans me regarder, il a déclaré qu'avec l'autorisation du président il aimerait savoir si j'étais retourné vers la source tout seul avec l'intention de tuer l'Arabe. « Non », ai-je dit. « Alors, pourquoi était-il armé et pourquoi revenir vers cet endroit précisément ? » J'ai dit que c'était le hasard. Et le procureur a noté avec un accent mauvais : « Ce sera tout pour le moment. » Tout ensuite a été un peu confus, du moins pour moi. Mais après quelques conciliabules, le président a déclaré que l'audience était levée et renvoyée à l'après-midi pour l'audition des témoins.

Je n'ai pas eu le temps de réfléchir. On m'a emmené, fait monter dans la voiture cellulaire et conduit à la prison où j'ai mangé. Au bout de très peu de temps, juste assez pour me rendre compte que j'étais fatigué, on est revenu me chercher ; tout a recommencé et je me suis trouvé dans la même salle, devant les mêmes visages. Seulement la chaleur était beaucoup plus forte et comme par un miracle cha-cun des jurés, le procureur, mon avocat et quelques journalistes étaient munis aussi d'éventails de paille. Le jeune journaliste et la petite femme étaient tou-jours là. Mais ils ne s'éventaient pas et me regar-daient encore sans rien dire.

J'ai essuyé la sueur qui couvrait mon visage et je n'ai repris un peu conscience du lieu et de moi-même que lorsque j'ai entendu appeler le directeur de l'asile. On lui a demandé si maman se plaignait de moi et il a dit que oui mais que c'était un peu la manie de ses pensionnaires de se plaindre de leurs proches. Le président lui a fait préciser si elle me reprochait de l'avoir mise à l'asile et le directeur a dit encore oui. Mais cette fois, il n'a rien ajouté. À une autre question, il a répondu qu'il avait été surpris de mon calme le jour de l'enterrement. On lui a demandé ce qu'il entendait par calme. Le directeur a regardé alors le bout de ses souliers et il a dit que je n'avais pas voulu voir maman, je n'avais pas pleuré une seule fois et j'étais parti aussitôt après l'enterre-ment sans me recueillir sur sa tombe. Une chose encore l'avait surpris : un employé des pompes funèbres lui avait dit que je ne savais pas l'âge de maman. Il y a eu un moment de silence et le pré-sident lui a demandé si c'était bien de moi qu'il avait parlé. Comme le directeur ne comprenait pas la question, il lui a dit : « C'est la loi. » Puis le président a demandé à l'avocat général s'il n'avait pas de question à poser au témoin et le procureur s'est écrié : « Oh! non, cela suffit », avec un tel éclat et un tel regard triomphant dans ma direction que, pour la première fois depuis bien des années, j'ai eu une envie stupide de pleurer parce que j'ai senti combien j'étais détesté par tous ces gens-là.

Après avoir demandé au jury et à mon avocat s'ils avaient des questions à poser, le président a entendu le concierge. Pour lui comme pour tous les autres, le même cérémonial s'est répété. En arrivant, le concierge m'a regardé et il a détourné les yeux. Il a répondu aux questions qu'on lui posait. Il a dit que je n'avais pas voulu voir maman, que j'avais fumé, que j'avais dormi et que j'avais pris du café au lait. J'ai senti alors quelque chose qui soulevait toute la salle et, pour la première fois, j'ai compris que j'étais coupable. On a fait répéter au concierge l'histoire du café au lait et celle de la cigarette. L'avocat général m'a regardé avec une lueur ironique dans les yeux. À ce moment, mon avocat a demandé au concierge s'il n'avait pas fumé avec moi. Mais le procureur s'est élevé avec violence contre cette question : « Quel est le criminel ici et quelles sont ces méthodes qui consistent à salir les témoins de l'accusation pour minimiser des témoignages qui n'en demeurent pas moins écrasants! » Malgré tout, le président a demandé au concierge de répondre à la question. Le vieux a dit d'un air embarrassé : « Je sais bien que j'ai eu tort. Mais je n'ai pas osé refuser la cigarette que Monsieur m'a offerte. » En dernier lieu, on m'a demandé si je n'avais rien à ajouter. « Rien, ai-je répondu, seulement que le témoin a raison. Il est vrai que je lui ai offert une cigarette. » Le concierge m'a regardé alors avec un peu d'étonnement et une sorte de gratitude. Il a hésité, puis il a dit que c'était lui qui m'avait offert le café au lait. Mon avocat a triomphé bruyamment et a déclaré que les jurés apprécieraient. Mais le procureur a tonné au-dessus de nos têtes et il a dit : « Oui, MM. les jurés apprécieront. Et ils concluront qu'un étranger pouvait proposer du café, mais qu'un fils devait le refuser devant le corps de celle qui lui avait donné le jour. » Le concierge a regagné son banc.

Quand est venu le tour de Thomas Pérez, un huissier a dû le soutenir jusqu'à la barre. Pérez a dit qu'il avait surtout connu ma mère et qu'il ne m'avait vu qu'une fois, le jour de l'enterrement. On lui a demandé ce que j'avais fait ce jour-là et il a répondu : « Vous comprenez, moi-même j'avais trop de peine. Alors, je n'ai rien vu. C'était la peine qui m'empêchait de voir. Parce que c'était pour moi une très grosse peine. Et même, je me suis évanoui. Alors, je n'ai pas pu voir Monsieur. » L'avocat général lui a demandé si, du moins, il m'avait vu pleurer. Pérez a répondu que non. Le procureur a dit alors à son tour : « MM. les jurés apprécieront. » Mais mon avocat s'est fâché. Il a demandé à Pérez, sur un ton qui m'a semblé exagéré, « s'il avait vu que je ne pleurais pas ». Pérez a dit : « Non. » Le public a ri. Et mon avocat, en retroussant une de ses manches, a dit d'un ton péremptoire : « Voilà l'image de ce procès. Tout est vrai et rien n'est vrai ! » Le procureur avait le visage fermé et piquait un crayon dans les titres de ses dossiers.

Après cinq minutes de suspension pendant lesquelles mon avocat m'a dit que tout allait pour le mieux, on a entendu Céleste qui était cité par la défense. La défense, c'était moi. Céleste jetait de temps en temps des regards de mon côté et roulait un panama entre ses mains. Il portait le costume neuf qu'il mettait pour venir avec moi, certains dimanches, aux courses de chevaux. Mais je crois qu'il n'avait pas pu mettre son col parce qu'il portait seulement un bouton de cuivre pour tenir sa chemise fermée. On lui a demandé si j'étais son client et il a dit : « Oui, mais c'était aussi un ami » ; ce qu'il pensait de moi et il a répondu que j'étais un homme ; ce qu'il entendait par là et il a déclaré que tout le monde savait ce que cela voulait dire ; s'il avait remarqué que j'étais renfermé et il a reconnu seulement que je ne parlais pas pour ne rien dire. L'avocat général lui a demandé si je payais régulièrement ma pension. Céleste a ri et il a déclaré : « C'étaient des détails entre nous. » On lui a demandé encore ce qu'il pensait de mon crime. Il a mis alors ses mains sur la barre et l'on voyait qu'il avait préparé quelque chose. Il a dit : « Pour moi, c'est un malheur. Un malheur, tout le monde sait ce que c'est. Ça vous laisse sans défense. Eh bien ! pour moi c'est un malheur. » Il allait continuer, mais le président lui a dit que c'était bien et qu'on le remerciait. Alors Céleste est resté un peu interdit. Mais il a déclaré qu'il voulait encore parler. On lui a demandé d'être bref. Il a encore répété que c'était un malheur. Et le président lui a dit : « Oui, c'est entendu. Mais nous sommes là pour juger les malheurs de ce genre. Nous vous remercions. » Comme s'il était arrivé au bout de sa science et de sa bonne volonté, Céleste s'est alors retourné vers moi. Il m'a semblé que ses yeux brillaient et que ses lèvres tremblaient. Il avait l'air de me demander ce qu'il pouvait encore faire. Moi, je n'ai rien dit, je n'ai fait aucun geste, mais c'est la première fois de ma vie que j'ai eu envie d'embrasser un homme. Le président lui a encore enjoint de quitter la barre. Céleste est allé s'asseoir dans le prétoire. Pendant tout le reste de l'audience, il est resté là, un peu penché en avant, les coudes sur les genoux, le panama entre les mains, à écouter tout ce qui se disait. Marie est entrée. Elle avait mis un chapeau et elle était encore belle. Mais je l'aimais mieux avec ses cheveux libres. De l'endroit où j'étais, je devinais le poids léger de ses seins et je reconnaissais sa lèvre inférieure toujours un peu gonflée. Elle semblait très nerveuse. Tout de suite, on lui a demandé depuis quand elle me connaissait. Elle a indiqué l'époque où elle travaillait chez nous. Le président a voulu savoir quels étaient ses rapports avec moi. Elle a dit qu'elle était mon amie. À une autre question, elle a répondu qu'il était vrai qu'elle devait m'épouser. Le procureur qui feuilletait un dossier lui a demandé brusquement de quand datait notre liaison. Elle a indiqué la date. Le procureur a remarqué d'un air indifférent qu'il lui semblait que c'était le lendemain de la mort de maman. Puis il a dit avec quelque ironie qu'il ne voudrait pas insister sur une situation délicate, qu'il comprenait bien les scrupules de Marie, mais (et ici son accent s'est fait plus dur) que son devoir lui commandait de s'élever au-dessus des convenances. Il a donc demandé à Marie de résumer cette journée où je l'avais connue. Marie ne voulait pas parler, mais devant l'insistance du procureur, elle a dit notre bain, notre sortie au cinéma et notre rentrée chez moi. L'avocat général a dit qu'à la suite des déclarations de Marie à l'instruction, il avait consulté les programmes de cette date. Il a ajouté que Marie elle-même dirait quel film on passait alors. D'une voix presque blanche, en effet, elle a indiqué que c'était un film de Fernandel. Le silence était complet dans la salle quand elle a eu fini. Le procureur s'est alors levé, très grave et d'une voix que j'ai trouvée vraiment émue, le doigt tendu vers moi, il a articulé lentement : « Messieurs les jurés, le lendemain de la mort de sa mère, cet homme prenait des bains, commençait une liaison irrégulière, et allait rire devant un film comique. Je n'ai rien de plus à vous dire. » Il s'est assis, toujours dans le silence. Mais, tout d'un coup, Marie a éclaté en sanglots, a dit que ce n'était pas cela, qu'il y avait autre chose, qu'on la forçait à dire le contraire de ce qu'elle pensait, qu'elle me connaissait bien et que je n'avais rien fait de mal. Mais l'huissier, sur un signe du président, l'a emmenée et l'audience s'est poursuivie.

C'est à peine si, ensuite, on a écouté Masson qui a déclaré que j'étais un honnête homme « et qu'il dirait plus, j'étais un brave homme ». C'est à peine encore si on a écouté Salamano quand il a rappelé que j'avais été bon pour son chien et quand il a répondu à une question sur ma mère et sur moi en disant que je n'avais plus rien à dire à maman et que je l'avais mise pour cette raison à l'asile. « Il faut comprendre, disait Salamano, il faut comprendre. » Mais personne ne paraissait comprendre. On l'a emmené.

Puis est venu le tour de Raymond, qui était le dernier témoin. Raymond m'a fait un petit signe et a dit tout de suite que j'étais innocent. Mais le président a déclaré qu'on ne lui demandait pas des appréciations, mais des faits. Il l'a invité à attendre des questions pour répondre. On lui a fait préciser ses relations avec la victime. Raymond en a profité pour dire que c'était lui que cette dernière haïssait depuis qu'il avait giflé sa sœur. Le président lui a demandé cependant si la victime n'avait pas de raison de me haïr. Raymond a dit que ma présence à la plage était le résultat d'un hasard. Le procureur lui a demandé alors comment il se faisait que la lettre qui était à l'origine du drame avait été écrite par moi. Raymond a répondu que c'était un hasard. Le procureur a rétorqué que le hasard avait déjà beaucoup de méfaits sur la conscience dans cette histoire. Il a voulu savoir si c'était par hasard que je n'étais pas intervenu quand Raymond avait giflé sa maîtresse, par hasard que j'avais servi de témoin au commissariat, par hasard encore que mes déclarations lors de ce témoignage s'étaient révélées de pure complaisance. Pour finir, il a demandé à Raymond quels étaient ses moyens d'existence, et comme ce dernier répondait : « Magasinier », l'avocat général a déclaré aux jurés que de notoriété générale le témoin exerçait le métier de souteneur. J'étais son complice et son ami. Il s'agissait d'un drame crapuleux de la plus basse espèce, aggravé du fait qu'on avait affaire à un monstre moral. Raymond a voulu se défendre et mon avocat a protesté, mais on leur a dit qu'il fallait laisser terminer le procureur. Celui-ci a dit : « J'ai peu de chose à ajouter. Était-il votre ami ? » a-t-il demandé à Raymond. « Oui, a dit celui-ci, c'était mon copain. » L'avocat général m'a posé alors la même question et j'ai regardé Raymond qui n'a pas détourné les yeux. J'ai répondu : « Oui. » Le procureur s'est alors retourné vers le jury et a déclaré : « Le même homme qui au lendemain de la mort de sa mère se livrait à la débauche la plus honteuse a tué pour des raisons futiles et pour liquider une affaire de mœurs inqualifiable. »

Il s'est assis alors. Mais mon avocat, à bout de

patience, s'est écrié en levant les bras, de sorte que ses manches en retombant ont découvert les plis d'une chemise amidonnée : « Enfin, est-il accusé d'avoir enterré sa mère ou d'avoir tué un homme ? » Le public a ri. Mais le procureur s'est redressé encore, s'est drapé dans sa robe et a déclaré qu'il fallait avoir l'ingénuité de l'honorable défenseur pour ne pas sentir qu'il y avait entre ces deux ordres de faits une relation profonde, pathétique, essentielle. « Oui, s'est-il écrié avec force, j'accuse cet homme d'avoir enterré une mère avec un cœur de criminel. » Cette déclaration a paru faire un effet considérable sur le public. Mon avocat a haussé les épaules et essuyé la sueur qui couvrait son front. Mais lui-même paraissait ébranlé et j'ai compris que les choses n'allaient pas bien pour moi.

L'audience a été levée. En sortant du palais de justice pour monter dans la voiture, j'ai reconnu un court instant l'odeur et la couleur du soir d'été. Dans l'obscurité de ma prison roulante, j'ai retrouvé un à un, comme du fond de ma fatigue, tous les bruits familiers d'une ville que j'aimais et d'une certaine heure où il m'arrivait de me sentir content. Le cri des vendeurs de journaux dans l'air déjà détendu, les derniers oiseaux dans le square, l'appel des marchands de sandwiches, la plainte des tramways dans les hauts tournants de la ville et cette rumeur du ciel avant que la nuit bascule sur le port, tout cela recomposait pour moi un itinéraire d'aveugle, que je connaissais bien avant d'entrer en prison. Oui, c'était l'heure où, il y avait bien longtemps, je me sentais content. Ce qui m'attendait alors, c'était toujours un sommeil léger et sans rêves. Et pourtant quelque chose était changé puisque, avec l'attente du lendemain, c'est ma cellule que j'ai retrouvée. Comme si les chemins familiers tracés dans les ciels d'été pouvaient mener aussi bien aux prisons qu'aux sommeils innocents.

IV

Même sur un banc d'accusé, il est toujours intéressant d'entendre parler de soi. Pendant les plaidoiries du procureur et de mon avocat, je peux dire qu'on a beaucoup parlé de moi et peut-être plus de moi que de mon crime. Étaient-elles si différentes, d'ailleurs, ces plaidoiries ? L'avocat levait les bras et plaidait coupable, mais avec excuses. Le procureur tendait ses mains et dénonçait la culpabilité, mais sans excuses. Une chose pourtant me gênait vaguement. Malgré mes préoccupations, j'étais parfois tenté d'intervenir et mon avocat me disait alors : « Taisez-vous, cela vaut mieux pour votre affaire. » En quelque sorte, on avait l'air de traiter cette affaire en dehors de moi. Tout se déroulait sans mon intervention. Mon sort se réglait sans qu'on prenne mon avis. De temps en temps, j'avais envie d'interrompre tout le monde et de dire : « Mais tout de même, qui est l'accusé ? C'est important d'être l'accusé. Et j'ai quelque chose à dire. » Mais réflexion faite, je n'avais rien à dire. D'ailleurs, je dois reconnaître que l'intérêt qu'on trouve à occuper les gens ne dure pas longtemps. Par exemple, la plaidoirie du procureur m'a très vite lassé. Ce sont seulement des fragments, des gestes ou des tirades entières, mais détachés de l'ensemble, qui m'ont frappé ou ont éveillé mon intérêt.

Le fond de sa pensée, si j'ai bien compris, c'est que j'avais prémédité mon crime. Du moins, il a essayé de le démontrer. Comme il le disait lui-même : « J'en ferai la preuve, messieurs, et je la ferai doublement. Sous l'aveuglante clarté des faits d'abord et ensuite dans l'éclairage sombre que me fournira la psychologie de cette âme criminelle. » Il a résumé les faits à partir de la mort de maman. Il a rappelé mon insensibilité, l'ignorance où j'étais de l'âge de maman, mon bain du lendemain, avec une femme, le cinéma, Fernandel et enfin la rentrée avec Marie. J'ai mis du temps à le comprendre, à ce moment, parce qu'il disait « sa maîtresse » et pour moi, elle était Marie. Ensuite, il en est venu à l'histoire de Raymond. J'ai trouvé que sa façon de voir les événements ne manquait pas de clarté. Ce qu'il disait était plausible. J'avais écrit la lettre d'accord avec Raymond pour attirer sa maîtresse et la livrer aux mauvais traitements d'un homme « de moralité douteuse ». J'avais provoqué sur la plage les adversaires de Raymond. Celui-ci avait été blessé. Je lui avais demandé son revolver. J'étais revenu seul pour m'en servir. J'avais abattu l'Arabe comme je le projetais. J'avais attendu. Et « pour être sûr que la besogne était bien faite », j'avais tiré encore quatre balles, posément, à coup sûr, d'une façon réfléchie en quelque sorte.

« Et voilà, messieurs, a dit l'avocat général. J'ai retracé devant vous le fil d'événements qui a conduit cet homme à tuer en pleine connaissance de cause. J'insiste là-dessus, a-t-il dit. Car il ne s'agit pas d'un assassinat ordinaire, d'un acte irréfléchi que vous pourriez estimer atténué par les circonstances. Cet

100

homme, messieurs, cet homme est intelligent. Vous l'avez entendu, n'est-ce pas? Il sait répondre. Il connaît la valeur des mots. Et l'on ne peut pas dire qu'il a agi sans se rendre compte de ce qu'il faisait. »

Moi j'écoutais et j'entendais qu'on me jugeait intelligent. Mais je ne comprenais pas bien comment les qualités d'un homme ordinaire pouvaient devenir des charges écrasantes contre un coupable. Du moins, c'était cela qui me frappait et je n'ai plus écouté le procureur jusqu'au moment où je l'ai entendu dire : « A-t-il seulement exprimé des regrets? Jamais, messieurs. Pas une seule fois au cours de l'instruction cet homme n'a paru ému de son abominable forfait. » À ce moment, il s'est tourné vers moi et m'a désigné du doigt en continuant à m'accabler sans qu'en réalité je comprenne bien pourquoi. Sans doute, je ne pouvais pas m'empêcher de reconnaître qu'il avait raison. Je ne regrettais pas beaucoup mon acte. Mais tant d'acharnement m'étonnait. J'aurais voulu essayer de lui expliquer cordialement, presque avec affection, que je n'avais jamais pu regretter vraiment quelque chose. J'étais toujours pris par ce qui allait arriver, par aujourd'hui ou par demain. Mais naturellement, dans l'état où l'on m'avait mis, je ne pouvais parler à personne sur ce ton. Je n'avais pas le droit de me montrer affectueux, d'avoir de la bonne volonté. Et j'ai essayé d'écouter encore parce que le procureur s'est mis à parler de mon âme.

Il disait qu'il s'était penché sur elle et qu'il n'avait rien trouvé, messieurs les jurés. Il disait qu'à la vérité, je n'en avais point, d'âme, et que rien d'humain, et pas un des principes moraux qui gardent le cœur des hommes ne m'était accessible. « Sans doute, ajoutait-il, nous ne saurions le lui reprocher. Ce qu'il ne saurait acquérir, nous ne pouvons nous plaindre qu'il en manque. Mais quand il s'agit de cette cour, la vertu toute négative de la tolérance doit se muer en celle, moins facile, mais plus élevée, de la justice. Surtout lorsque le vide du cœur tel qu'on le découvre chez cet homme devient un gouffre où la société peut succomber. » C'est alors qu'il a parlé de mon attitude envers maman. Il a répété ce qu'il avait dit pendant les débats. Mais il a été beaucoup plus long que lorsqu'il parlait de mon crime, si long même que, finalement, je n'ai plus senti que la chaleur de cette matinée. Jusqu'au moment, du moins, où l'avocat général s'est arrêté et, après un moment de silence, a repris d'une voix très basse et très pénétrée : « Cette même cour, messieurs, va juger demain le plus abominable des forfaits : le meurtre d'un père. » Selon lui, l'imagination reculait devant cet atroce attentat. Il osait espérer que la justice des hommes punirait sans faiblesse. Mais, il ne craignait pas de le dire, l'horreur que lui inspirait ce crime le cédait presque à celle qu'il ressentait devant mon insensibilité. Toujours selon lui, un homme qui tuait moralement sa mère se retranchait de la société des hommes au même titre que celui qui portait une main meurtrière sur l'auteur de ses jours. Dans tous les cas, le premier préparait les actes du second, il les annonçait en quelque sorte et il les légitimait. « J'en suis persuadé, messieurs, a-t-il ajouté en élevant la voix, vous ne trouverez pas ma pensée trop audacieuse, si je dis que l'homme qui est assis sur ce banc est coupable aussi du meurtre que cette cour devra juger demain. Il doit être puni en conséquence. » Ici, le procureur a essuyé son visage brillant de sueur. Il a dit enfin que son devoir était douloureux, mais qu'il l'accomplirait fermement. Il a déclaré que je n'avais rien à faire avec une société dont je méconnaissais les règles les plus essentielles et que je ne pouvais pas en appeler à ce cœur humain dont j'ignorais les réactions élémentaires. « Je vous demande la tête de cet homme, a-t-il dit, et c'est le cœur léger que je vous la demande. Car s'il m'est arrivé au cours de ma déjà longue carrière de réclamer des peines capitales, jamais autant qu'aujourd'hui, je n'ai senti ce pénible devoir compensé, balancé, éclairé par la conscience d'un commandement impérieux et sacré et par l'horreur que je ressens devant un visage d'homme où je ne lis rien que de monstrueux. »

Quand le procureur s'est rassis, il y a eu un moment de silence assez long. Moi, j'étais étourdi de chaleur et d'étonnement. Le président a toussé un peu et sur un ton très bas, il m'a demandé si je n'avais rien à ajouter. Je me suis levé et comme j'avais envie de parler, j'ai dit, un peu au hasard d'ailleurs, que je n'avais pas eu l'intention de tuer l'Arabe. Le président a répondu que c'était une affirmation, que jusqu'ici il saisissait mal mon système de défense et qu'il serait heureux, avant d'entendre mon avocat, de me faire préciser les motifs qui avaient inspiré mon acte. J'ai dit rapidement, en mêlant un peu les mots et en me rendant compte de mon ridicule, que c'était à cause du soleil. Il y a eu des rires dans la salle. Mon avocat a haussé les épaules et tout de suite après, on lui a donné la parole. Mais il a déclaré qu'il était tard, qu'il en avait pour plusieurs heures et qu'il demandait le renvoi à l'après-midi. La cour y a consenti.

L'après-midi, les grands ventilateurs brassaient toujours l'air épais de la salle, et les petits éventails multicolores des jurés s'agitaient tous dans le même sens. La plaidoirie de mon avocat me semblait ne devoir jamais finir. À un moment donné, cependant, je l'ai écouté parce qu'il disait : « Il est vrai que j'ai tué. » Puis il a continué sur ce ton, disant « je » chaque fois qu'il parlait de moi. J'étais très étonné. Je me suis penché vers un gendarme et je lui ai demandé pourquoi. Il m'a dit de me taire et, après un moment, il a ajouté : « Tous les avocats font ça. » Moi, j'ai pensé que c'était m'écarter encore de l'affaire, me réduire à zéro et, en un certain sens, se substituer à moi. Mais je crois que j'étais déjà très loin de cette salle d'audience. D'ailleurs, mon avocat m'a semblé ridicule. Il a plaidé la provocation très rapidement et puis lui aussi a parlé de mon âme. Mais il m'a paru qu'il avait beaucoup moins de talent que le procureur. « Moi aussi, a-t-il dit, je me suis penché sur cette âme, mais, contrairement à l'éminent représentant du ministère public, j'ai trouvé quelque chose et je puis dire que j'y ai lu à livre ouvert. » Il y avait lu que j'étais un honnête homme, un travailleur régulier, infatigable, fidèle à la maison qui l'employait, aimé de tous et compatissant aux misères d'autrui. Pour lui, j'étais un fils modèle qui avait soutenu sa mère aussi longtemps qu'il l'avait pu. Finalement j'avais espéré qu'une maison de retraite donnerait à la vieille femme le confort que mes moyens ne me permettaient pas de lui procurer. « Je m'étonne, messieurs, a-t-il ajouté, qu'on ait mené si grand bruit autour de cet asile. Car enfin, s'il fallait donner une preuve de l'utilité et de la grandeur de ces institutions, il faudrait bien dire que c'est l'État lui-même qui les subventionne. » Seulement, il n'a pas parlé de l'enterrement et j'ai senti que cela manquait dans sa plaidoirie. Mais à cause de toutes ces longues phrases, de toutes ces journées et ces heures interminables pendant lesquelles on avait parlé de mon âme, j'ai eu l'impression que tout devenait comme une eau incolore où je trouvais le vertige.

À la fin, je me souviens seulement que, de la rue et à travers tout l'espace des salles et des prétoires, pendant que mon avocat continuait à parler, la trompette d'un marchand de glace a résonné jusqu'à moi. J'ai été assailli des souvenirs d'une vie qui ne m'appartenait plus, mais où j'avais trouvé les plus pauvres et les plus tenaces de mes joies : des odeurs d'été, le quartier que j'aimais, un certain ciel du soir, le rire et les robes de Marie. Tout ce que je faisais d'inutile en ce lieu m'est alors remonté à la gorge, et je n'ai eu qu'une hâte, c'est qu'on en finisse et que je retrouve ma cellule avec le sommeil. C'est à peine si j'ai entendu mon avocat s'écrier, pour finir, que les jurés ne voudraient pas envoyer à la mort un travailleur honnête perdu par une minute d'égarement, et demander les circonstances atténuantes pour un crime dont je traînais déjà, comme le plus sûr de mes châtiments, le remords éternel. La cour a suspendu l'audience et l'avocat s'est assis d'un air épuisé. Mais ses collègues sont venus vers lui pour lui serrer la main. J'ai entendu : « Magnifique, mon cher. » L'un d'eux m'a même pris à témoin : « Hein ? » m'a-t-il dit. J'ai acquiescé, mais mon compliment n'était pas sincère, parce que j'étais trop fatigué.

Pourtant, l'heure déclinait au-dehors et la chaleur était moins forte. Aux quelques bruits de rue que j'entendais, je devinais la douceur du soir. Nous étions là, tous, à attendre. Et ce qu'ensemble nous attendions ne concernait que moi. J'ai encore regardé la salle. Tout était dans le même état que le premier jour. J'ai rencontré le regard du journaliste à la veste grise et de la femme automate. Cela m'a donné à penser que je n'avais pas cherché Marie du regard pendant tout le procès. Je ne l'avais pas oubliée, mais j'avais trop à faire. Je l'ai vue entre Céleste et Raymond. Elle m'a fait un petit signe comme si elle disait : « Enfin », et j'ai vu son visage un peu anxieux qui souriait. Mais je sentais mon cœur fermé et je n'ai même pas pu répondre à son sourire.

La cour est revenue. Très vite, on a lu aux jurés une série de questions. J'ai entendu « coupable de meurtre »... « préméditation »... « circonstances atténuantes ». Les jurés sont sortis et l'on m'a emmené dans la petite pièce où j'avais déjà attendu. Mon avocat est venu me rejoindre : il était très volubile et m'a parlé avec plus de confiance et de cordialité qu'il ne l'avait jamais fait. Il pensait que tout irait bien et que je m'en tirerais avec quelques années de prison ou de bagne. Je lui ai demandé s'il y avait des chances de cassation en cas de jugement défavorable. Il m'a dit que non. Sa tactique avait été de ne pas déposer de conclusions pour ne pas indisposer le jury. Il m'a expliqué qu'on ne cassait pas un jugement, comme cela, pour rien. Cela m'a paru évident et je me suis rendu à ses raisons. À considérer froidement la chose, c'était tout à fait naturel. Dans le cas contraire, il y aurait trop de paperasses inutiles. « De toute façon, m'a dit mon avocat, il y a le pourvoi. Mais je suis persuadé que l'issue sera favorable. »

Nous avons attendu très longtemps, près de trois quarts d'heure, je crois. Au bout de ce temps, une sonnerie a retenti. Mon avocat m'a quitté en disant : « Le président du jury va lire les réponses. On ne vous fera entrer que pour l'énoncé du jugement. »

Des portes ont claqué. Des gens couraient dans des escaliers dont je ne savais pas s'ils étaient proches ou éloignés. Puis j'ai entendu une voix sourde lire quelque chose dans la salle. Quand la sonnerie a encore retenti, que la porte du box s'est ouverte, c'est le silence de la salle qui est monté vers moi, le silence, et cette singulière sensation que j'ai eue lorsque j'ai constaté que le jeune journaliste avait détourné ses yeux. Je n'ai pas regardé du côté de Marie. Je n'en ai pas eu le temps parce que le président m'a dit dans une forme bizarre que j'aurais la tête tranchée sur une place publique au nom du peuple français. Il m'a semblé alors reconnaître le sentiment que je lisais sur tous les visages. Je crois bien que c'était de la considération. Les gendarmes étaient très doux avec moi. L'avocat a posé sa main sur mon poignet. Je ne pensais plus à rien. Mais le président m'a demandé si je n'avais rien à ajouter. J'ai réfléchi. J'ai dit · « Non. » C'est alors qu'on m'a emmené.

V

Pour la troisième fois, j'ai refusé de recevoir l'aumônier. Je n'ai rien à lui dire, je n'ai pas envie de parler, je le verrai bien assez tôt. Ce qui m'intéresse en ce moment, c'est d'échapper à la mécanique, de savoir si l'inévitable peut avoir une issue. On m'a changé de cellule. De celle-ci, lorsque je suis allongé, je vois le ciel et je ne vois que lui. Toutes mes journées se passent à regarder sur son visage le déclin des couleurs qui conduit le jour à la nuit. Couché, je passe les mains sous ma tête et j'attends. Je ne sais combien de fois je me suis demandé s'il y avait des exemples de condamnés à mort qui eussent échappé au mécanisme implacable, disparu avant l'exécution, rompu les cordons d'agents. Je me reprochais alors de n'avoir pas prêté assez d'attention aux récits d'exécution. On devrait toujours s'intéresser à ces questions. On ne sait jamais ce qui peut arriver. Comme tout le monde, j'avais lu des comptes rendus dans les journaux. Mais il y avait certainement des ouvrages spéciaux que je n'avais jamais eu la curiosité de consulter. Là, peut-être, j'aurais trouvé des récits d'évasion. J'aurais appris que dans un cas au moins la roue s'était arrêtée, que dans cette préméditation irrésistible, le hasard et la chance, une fois seulement, avaient changé quelque chose. Une fois ! Dans un sens, je crois que cela m'aurait suffi. Mon cœur aurait fait le reste. Les journaux parlaient souvent d'une dette qui était due à la société. Il fallait, selon eux, la payer. Mais cela ne parle pas à l'imagination. Ce qui comptait, c'était une possibilité d'évasion, un saut hors du rite implacable, une course à la folie qui offrît toutes les chances de l'espoir. Naturellement, l'espoir, c'était d'être abattu au coin d'une rue, en pleine course, et d'une balle à la volée. Mais tout bien considéré, rien ne me permettait ce luxe, tout me l'interdisait, la mécanique me reprenait.

Malgré ma bonne volonté, je ne pouvais pas accepter cette certitude insolente. Car enfin, il y avait une disproportion ridicule entre le jugement qui l'avait fondée et son déroulement imperturbable à partir du moment où ce jugement avait été prononcé. Le fait que la sentence avait été lue à vingt heures plutôt qu'à dix-sept, le fait qu'elle aurait pu être tout autre, qu'elle avait été prise par des hommes qui changent de linge, qu'elle avait été portée au crédit d'une notion aussi imprécise que le peuple français (ou allemand, ou chinois), il me semblait bien que tout cela enlevait beaucoup de sérieux à une telle décision. Pourtant, j'étais obligé de reconnaître que dès la seconde où elle avait été prise, ses effets devenaient aussi certains, aussi sérieux, que la présence de ce mur tout le long duquel j'écrasais mon corps.

Je me suis souvenu dans ces moments d'une histoire que maman me racontait à propos de mon père. Je ne l'avais pas connu. Tout ce que je connaissais de précis sur cet homme, c'était peut-être ce que m'en disait alors maman : il était allé voir exécuter un assassin. Il était malade à l'idée d'y aller. Il l'avait fait cependant et au retour il avait vomi une partie de la matinée. Mon père me dégoûtait un peu alors. Maintenant je comprenais, c'était si naturel. Comment n'avais-je pas vu que rien n'était plus important qu'une exécution capitale et que, en somme, c'était la seule chose vraiment intéressante pour un homme! Si jamais je sortais de cette prison, j'irais voir toutes les exécutions capitales. J'avais tort, je crois, de penser à cette possibilité. Car à l'idée de me voir libre par un petit matin derrière un cordon d'agents, de l'autre côté en quelque sorte, à l'idée d'être le spectateur qui vient voir et qui pourra vomir après, un flot de joie empoisonnée me montait au cœur. Mais ce n'était pas raisonnable. J'avais tort de me laisser aller à ces suppositions parce que, l'instant d'après, j'avais si affreusement froid que je me recroquevillais sous ma couverture. Je claquais des dents sans pouvoir me retenir.

Mais, naturellement, on ne peut pas être toujours raisonnable. D'autres fois, par exemple, je faisais des projets de loi. Je réformais les pénalités. J'avais remarqué que l'essentiel était de donner une chance au condamné. Une seule sur mille, cela suffisait pour arranger bien des choses. Ainsi, il me semblait qu'on pouvait trouver une combinaison chimique dont l'absorption tuerait le patient (je pensais : le patient) neuf fois sur dix. Lui le saurait, c'était la condition. Car en réfléchissant bien, en considérant les choses avec calme, je constatais que ce qui était défectueux avec le couperet, c'est qu'il n'y avait aucune chance, absolument aucune. Une fois pour toutes, en somme, la mort du patient avait été décidée. C'était une affaire classée, une combinaison bien arrêtée, un accord entendu et sur lequel il

111

n'était pas question de revenir. Si le coup ratait, par extraordinaire, on recommençait. Par suite, ce qu'il y avait d'ennuyeux, c'est qu'il fallait que le condamné souhaitât le bon fonctionnement de la machine. Je dis que c'est le côté défectueux. Cela est vrai, dans un sens. Mais, dans un autre sens, j'étais obligé de reconnaître que tout le secret d'une bonne organisation était là. En somme, le condamné était obligé de collaborer moralement. C'était son intérêt que tout marchât sans accroc.

J'étais obligé de constater aussi que jusqu'ici j'avais eu sur ces questions des idées qui n'étaient pas justes. J'ai cru longtemps — et je ne sais pas pourquoi — que pour aller à la guillotine, il fallait monter sur un échafaud, gravir des marches. Je crois que c'était à cause de la Révolution de 1789, je veux dire à cause de tout ce qu'on m'avait appris ou fait voir sur ces questions. Mais un matin, je me suis souvenu d'une photographie publiée par les journaux à l'occasion d'une exécution retentissante. En réalité, la machine était posée à même le sol, le plus simplement du monde. Elle était beaucoup plus étroite que je ne le pensais. C'était assez drôle que je ne m'en fusse pas avisé plus tôt. Cette machine sur le cliché m'avait frappé par son aspect d'ouvrage de précision, fini et étincelant. On se fait toujours des idées exagérées de ce qu'on ne connaît pas. Je devais constater au contraire que tout était simple : la machine est au même niveau que l'homme qui marche vers elle. Il la rejoint comme on marche à la rencontre d'une personne. Cela aussi était ennuyeux. La montée vers l'échafaud, l'ascension en plein ciel, l'imagination pouvait s'y raccrocher. Tandis que, là encore, la mécanique écrasait tout : on était tué discrètement, avec un peu de honte et beaucoup de précision.

Il y avait aussi deux choses à quoi je réfléchissais tout le temps : l'aube et mon pourvoi. Je me raisonnais cependant et j'essayais de n'y plus penser. Je m'étendais, je regardais le ciel, je m'efforçais de m'y intéresser. Il devenait vert, c'était le soir. Je faisais encore un effort pour détourner le cours de mes pensées. J'écoutais mon cœur. Je ne pouvais imaginer que ce bruit qui m'accompagnait depuis si longtemps pût jamais cesser. Je n'ai jamais eu de véritable imagination. J'essayais pourtant de me représenter une certaine seconde où le battement de ce cœur ne se prolongerait plus dans ma tête. Mais en vain. L'aube ou mon pourvoi étaient là. Je finissais par me dire que le plus raisonnable était de ne pas me contraindre.

C'est à l'aube qu'ils venaient, je le savais. En somme, j'ai occupé mes nuits à attendre cette aube. Je n'ai jamais aimé être surpris. Quand il m'arrive quelque chose, je préfère être là. C'est pourquoi j'ai fini par ne plus dormir qu'un peu dans mes journées et, tout le long de mes nuits, j'ai attendu patiemment que la lumière naisse sur la vitre du ciel. Le plus difficile, c'était l'heure douteuse où je savais qu'ils opéraient d'habitude. Passé minuit, j'attendais et je guettais. Jamais mon oreille n'avait perçu tant de bruits, distingué de sons si ténus. Je peux dire, d'ailleurs, que d'une certaine façon j'ai eu de la chance pendant toute cette période, puisque je n'ai jamais entendu de pas. Maman disait souvent qu'on n'est jamais tout à fait malheureux. Je l'approuvais dans ma prison, quand le ciel se colorait et qu'un nouveau jour glissait dans ma cellule. Parce que aussi bien, j'aurais pu entendre des pas et mon cœur aurait pu éclater. Même si le moindre glissement me jetait à la porte, même si, l'oreille collée au bois, j'attendais

éperdument jusqu'à ce que j'entende ma propre respiration, effrayé de la trouver rauque et si pareille au
râle d'un chien, au bout du compte, mon cœur
n'éclatait pas et j'avais encore gagné vingt-quatre
heures.

Pendant tout le jour, il y avait mon pourvoi. Je
crois que j'ai tiré le meilleur parti de cette idée. Je
calculais mes effets et j'obtenais de mes réflexions le
meilleur rendement. Je prenais toujours la plus
mauvaise supposition : mon pourvoi était rejeté.
« Eh bien, je mourrai donc. » Plus tôt que d'autres,
c'était évident. Mais tout le monde sait que la vie ne
vaut pas la peine d'être vécue. Dans le fond, je
n'ignorais pas que mourir à trente ans ou à soixante-
dix ans importe peu puisque, naturellement, dans les
deux cas, d'autres hommes et d'autres femmes
vivront, et cela pendant des milliers d'années. Rien
n'était plus clair, en somme. C'était toujours moi qui
mourrais, que ce soit maintenant ou dans vingt ans.
À ce moment, ce qui me gênait un peu dans mon raisonnement, c'était ce bond terrible que je sentais en
moi à la pensée de vingt ans de vie à venir. Mais je
n'avais qu'à l'étouffer en imaginant ce que seraient
mes pensées dans vingt ans quand il me faudrait
quand même en venir là. Du moment qu'on meurt,
comment et quand, cela n'importe pas, c'était
évident. Donc (et le difficile c'était de ne pas perdre
de vue tout ce que ce « donc » représentait de rai-
sonnements), donc, je devais accepter le rejet de
mon pourvoi.

À ce moment, à ce moment seulement, j'avais pour
ainsi dire le droit, je me donnais en quelque sorte la
permission d'aborder la deuxième hypothèse : j'étais
gracié. L'ennuyeux, c'est qu'il fallait rendre moins
fougueux cet élan du sang et du corps qui me piquait

les yeux d'une joie insensée. Il fallait que je m'applique à réduire ce cri, à le raisonner. Il fallait que je sois naturel même dans cette hypothèse, pour rendre plus plausible ma résignation dans la première. Quand j'avais réussi, j'avais gagné une heure de calme. Cela, tout de même, était à considérer.

C'est à un semblable moment que j'ai refusé une fois de plus de recevoir l'aumônier. J'étais étendu et je devinais l'approche du soir d'été à une certaine blondeur du ciel. Je venais de rejeter mon pourvoi et je pouvais sentir les ondes de mon sang circuler régulièrement en moi. Je n'avais pas besoin de voir l'aumônier. Pour la première fois depuis bien longtemps, j'ai pensé à Marie. Il y avait de longs jours qu'elle ne m'écrivait plus. Ce soir-là, j'ai réfléchi et je me suis dit qu'elle s'était peut-être fatiguée d'être la maîtresse d'un condamné à mort. L'idée m'est venue aussi qu'elle était peut-être malade ou morte. C'était dans l'ordre des choses. Comment l'aurais-je su puisqu'en dehors de nos deux corps maintenant séparés, rien ne nous liait et ne nous rappelait l'un à l'autre. À partir de ce moment, d'ailleurs, le souvenir de Marie m'aurait été indifférent. Morte, elle ne m'intéressait plus. Je trouvais cela normal comme je comprenais très bien que les gens m'oublient après ma mort. Ils n'avaient plus rien à faire avec moi. Je ne pouvais même pas dire que cela était dur à penser.

C'est à ce moment précis que l'aumônier est entré. Quand je l'ai vu, j'ai eu un petit tremblement. Il s'en est aperçu et m'a dit de ne pas avoir peur. Je lui ai dit qu'il venait d'habitude à un autre moment. Il m'a répondu que c'était une visite tout amicale qui n'avait rien à voir avec mon pourvoi dont il ne savait rien. Il s'est assis sur ma couchette et m'a invité à me

115

mettre près de lui. J'ai refusé. Je lui trouvais tout de même un air très doux.

Il est resté un moment assis, les avant-bras sur les genoux, la tête baissée, à regarder ses mains. Elles étaient fines et musclées, elles me faisaient penser à deux bêtes agiles. Il les a frottées lentement l'une contre l'autre. Puis il est resté ainsi, la tête toujours baissée, pendant si longtemps que j'ai eu l'impression, un instant, que je l'avais oublié.

Mais il a relevé brusquement la tête et m'a regardé en face : « Pourquoi, m'a-t-il dit, refusez-vous mes visites ? » J'ai répondu que je ne croyais pas en Dieu. Il a voulu savoir si j'en étais bien sûr et j'ai dit que je n'avais pas à me le demander : cela me paraissait une question sans importance. Il s'est alors renversé en arrière et s'est adossé au mur, les mains à plat sur les cuisses. Presque sans avoir l'air de me parler, il a observé qu'on se croyait sûr, quelquefois, et, en réalité, on ne l'était pas. Je ne disais rien. Il m'a regardé et m'a interrogé : « Qu'en pensez-vous ? » J'ai répondu que c'était possible. En tout cas, je n'étais peut-être pas sûr de ce qui m'intéressait réellement, mais j'étais tout à fait sûr de ce qui ne m'intéressait pas. Et justement, ce dont il me parlait ne m'intéressait pas.

Il a détourné les yeux et, toujours sans changer de position, m'a demandé si je ne parlais pas ainsi par excès de désespoir. Je lui ai expliqué que je n'étais pas désespéré. J'avais seulement peur, c'était bien naturel. « Dieu vous aiderait alors, a-t-il remarqué. Tous ceux que j'ai connus dans votre cas se retournaient vers lui. » J'ai reconnu que c'était leur droit. Cela prouvait aussi qu'ils en avaient le temps. Quant à moi, je ne voulais pas qu'on m'aidât et justement le temps me manquait pour m'intéresser à ce qui ne m'intéressait pas.

116

À ce moment, ses mains ont eu un geste d'agacement, mais il s'est redressé et a arrangé les plis de sa robe. Quand il a eu fini, il s'est adressé à moi en m'appelant « mon ami » : s'il me parlait ainsi ce n'etait pas parce que j'étais condamné à mort; à son avis, nous étions tous condamnés à mort. Mais je l'ai interrompu en lui disant que ce n'était pas la même chose et que, d'ailleurs, ce ne pouvait être, en aucun cas, une consolation. « Certes, a-t-il approuvé. Mais vous mourrez plus tard si vous ne mourez pas aujourd'hui. La même question se posera alors. Comment aborderez-vous cette terrible épreuve? » J'ai répondu que je l'aborderais exactement comme je l'abordais en ce moment.

Il s'est levé à ce mot et m'a regardé droit dans les yeux. C'est un jeu que je connaissais bien. Je m'en amusais souvent avec Emmanuel ou Céleste et, en général, ils détournaient leurs yeux. L'aumônier aussi connaissait bien ce jeu, je l'ai tout de suite compris : son regard ne tremblait pas. Et sa voix non plus n'a pas tremblé quand il m'a dit : « N'avez-vous donc aucun espoir et vivez-vous avec la pensée que vous allez mourir tout entier? — Oui », ai-je répondu.

Alors, il a baissé la tête et s'est rassis. Il m'a dit qu'il me plaignait. Il jugeait cela impossible à supporter pour un homme. Moi, j'ai seulement senti qu'il commençait à m'ennuyer. Je me suis détourné à mon tour et je suis allé sous la lucarne. Je m'appuyais de l'épaule contre le mur. Sans bien le suivre, j'ai entendu qu'il recommençait à m'interroger. Il parlait d'une voix inquiète et pressante. J'ai compris qu'il était ému et je l'ai mieux écouté.

Il me disait sa certitude que mon pourvoi serait accepté, mais je portais le poids d'un péché dont il fallait me débarrasser. Selon lui, la justice des hommes n'était rien et la justice de Dieu tout. J'ai remarqué que c'était la première qui m'avait condamné. Il m'a répondu qu'elle n'avait pas, pour autant, lavé mon péché. Je lui ai dit que je ne savais pas ce qu'était un péché. On m'avait seulement appris que j'étais un coupable. J'étais coupable, je payais, on ne pouvait rien me demander de plus. À ce moment, il s'est levé à nouveau et j'ai pensé que dans cette cellule si étroite, s'il voulait remuer, il n'avait pas le choix. Il fallait s'asseoir ou se lever.

J'avais les yeux fixés au sol. Il a fait un pas vers moi et s'est arrêté, comme s'il n'osait avancer. Il regardait le ciel à travers les barreaux. « Vous vous trompez, mon fils, m'a-t-il dit, on pourrait vous demander plus. On vous le demandera peut-être. — Et quoi donc ? — On pourrait vous demander de voir. — Voir quoi ? »

Le prêtre a regardé tout autour de lui et il a répondu d'une voix que j'ai trouvée soudain très lasse : « Toutes ces pierres suent la douleur, je le sais. Je ne les ai jamais regardées sans angoisse. Mais, du fond du cœur, je sais que les plus misérables d'entre vous ont vu sortir de leur obscurité un visage divin. C'est ce visage qu'on vous demande de voir. »

Je me suis un peu animé. J'ai dit qu'il y avait des mois que je regardais ces murailles. Il n'y avait rien ni personne que je connusse mieux au monde. Peut-être, il y a bien longtemps, y avais-je cherché un visage. Mais ce visage avait la couleur du soleil et la flamme du désir : c'était celui de Marie. Je l'avais cherché en vain. Maintenant, c'était fini. Et dans tous les cas, je n'avais rien vu surgir de cette sueur de pierre.

L'aumônier m'a regardé avec une sorte de tristesse. J'étais maintenant complètement adossé à la muraille et le jour me coulait sur le front. Il a dit quelques mots que je n'ai pas entendus et m'a demandé très vite si je lui permettais de m'embrasser : « Non », ai-je répondu. Il s'est retourné et a marché vers le mur sur lequel il a passé sa main lentement : « Aimez-vous donc cette terre à ce point ? » a-t-il murmuré. Je n'ai rien répondu.

Il est resté assez longtemps détourné. Sa présence me pesait et m'agaçait. J'allais lui dire de partir, de me laisser, quand il s'est écrié tout d'un coup avec une sorte d'éclat, en se retournant vers moi : « Non, je ne peux pas vous croire. Je suis sûr qu'il vous est arrivé de souhaiter une autre vie. » Je lui ai répondu que naturellement, mais cela n'avait pas plus d'importance que de souhaiter d'être riche, de nager très vite ou d'avoir une bouche mieux faite. C'était du même ordre. Mais lui m'a arrêté et il voulait savoir comment je voyais cette autre vie. Alors, je lui ai crié : « Une vie où je pourrais me souvenir de celle-ci », et aussitôt je lui ai dit que j'en avais assez. Il voulait encore me parler de Dieu, mais je me suis avancé vers lui et j'ai tenté de lui expliquer une dernière fois qu'il me restait peu de temps. Je ne voulais pas le perdre avec Dieu. Il a essayé de changer de sujet en me demandant pourquoi je l'appelais « monsieur » et non pas « mon père ». Cela m'a énervé et je lui ai répondu qu'il n'était pas mon père : il était avec les autres.

« Non, mon fils, a-t-il dit en mettant la main sur mon épaule. Je suis avec vous. Mais vous ne pouvez pas le savoir parce que vous avez un cœur aveugle. Je prierai pour vous. »

Alors, je ne sais pas pourquoi, il y a quelque chose

qui a crevé en moi. Je me suis mis à crier à plein
gosier et je l'ai insulté et je lui ai dit de ne pas prier.
Je l'avais pris par le collet de sa soutane. Je déversais
sur lui tout le fond de mon cœur avec des bondisse-
ments mêlés de joie et de colère. Il avait l'air si certain, n'est-ce pas? Pourtant, aucune de ses certitudes
ne valait un cheveu de femme. Il n'était même pas
sûr d'être en vie puisqu'il vivait comme un mort.
Moi, j'avais l'air d'avoir les mains vides. Mais j'étais
sûr de moi, sûr de tout, plus sûr que lui, sûr de ma
vie et de cette mort qui allait venir. Oui, je n'avais
que cela. Mais du moins, je tenais cette vérité autant
qu'elle me tenait. J'avais eu raison, j'avais encore raison, j'avais toujours raison. J'avais vécu de telle
façon et j'aurais pu vivre de telle autre. J'avais fait
ceci et je n'avais pas fait cela. Je n'avais pas fait telle
chose alors que j'avais fait cette autre. Et après?
C'était comme si j'avais attendu pendant tout le
temps cette minute et cette petite aube où je serais
justifié. Rien, rien n'avait d'importance et je savais
bien pourquoi. Lui aussi savait pourquoi. Du fond
de mon avenir, pendant toute cette vie absurde que
j'avais menée, un souffle obscur remontait vers moi
à travers des années qui n'étaient pas encore venues
et ce souffle égalisait sur son passage tout ce qu'on
me proposait alors dans les années pas plus réelles
que je vivais. Que m'importaient la mort des autres,
l'amour d'une mère, que m'importaient son Dieu, les
vies qu'on choisit, les destins qu'on élit, puisqu'un
seul destin devait m'élire moi-même et avec moi des
milliards de privilégiés qui, comme lui, se disaient
mes frères. Comprenait-il, comprenait-il donc? Tout
le monde était privilégié. Il n'y avait que des privilégiés. Les autres aussi, on les condamnerait un jour.
Lui aussi, on le condamnerait. Qu'importait si,

120

accusé de meurtre, il était exécuté pour n'avoir pas pleuré à l'enterrement de sa mère? Le chien de Salamano valait autant que sa femme. La petite femme automatique était aussi coupable que la Parisienne que Masson avait épousée ou que Marie qui avait envie que je l'épouse. Qu'importait que Raymond fût mon copain autant que Céleste qui valait mieux que lui? Qu'importait que Marie donnât aujourd'hui sa bouche à un nouveau Meursault? Comprenait-il donc, ce condamné et que du fond de mon avenir... J'étouffais en criant tout ceci. Mais, déjà, on m'arrachait l'aumônier des mains et les gardiens me menaçaient. Lui, cependant, les a calmés et m'a regardé un moment en silence. Il avait les yeux pleins de larmes. Il s'est détourné et il a disparu.

Lui parti, j'ai retrouvé le calme. J'étais épuisé et je me suis jeté sur ma couchette. Je crois que j'ai dormi parce que je me suis réveillé avec des étoiles sur le visage. Des bruits de campagne montaient jusqu'à moi. Des odeurs de nuit, de terre et de sel rafraîchissaient mes tempes. La merveilleuse paix de cet été endormi entrait en moi comme une marée. À ce moment, et à la limite de la nuit, des sirènes ont hurlé. Elles annonçaient des départs pour un monde qui maintenant m'était à jamais indifférent. Pour la première fois depuis bien longtemps, j'ai pensé à maman. Il m'a semblé que je comprenais pourquoi à la fin d'une vie elle avait pris un « fiancé », pourquoi elle avait joué à recommencer. Là-bas, là-bas aussi, autour de cet asile où des vies s'éteignaient, le soir était comme une trêve mélancolique. Si près de la mort, maman devait s'y sentir libérée et prête à tout revivre. Personne, personne n'avait le droit de pleurer sur elle. Et moi aussi, je me suis senti prêt à tout revivre. Comme si cette grande colère m'avait purgé du mal, vidé d'espoir, devant cette nuit chargée de signes et d'étoiles, je m'ouvrais pour la première fois à la tendre indifférence du monde. De l'éprouver si pareil à moi, si fraternel enfin, j'ai senti que j'avais été heureux, et que je l'étais encore. Pour que tout soit consommé, pour que je me sente moins seul, il me restait à souhaiter qu'il y ait beaucoup de spectateurs le jour de mon exécution et qu'ils m'accueillent avec des cris de haine.

NOTES

1 *(p. 29). Connaissements :* Reçus indiquant la nature des marchandises transportées par bateau.

2 *(p. 31). Rue de Lyon :* L'une des rares indications topographiques du roman qui permet, comme celle du Champ de Manœuvres (p. 43), de situer l'appartement de Meursault dans le quartier populaire de Belcourt, où Camus vécut lui-même enfant.

3 *(p. 32). Je vais te mûrir :* Te changer en fruit mûr. Cette expression, comme le mot *taquet*, appartient au parler algérois, le cagayous.

4 *(p. 33). Taquets :* Coups. Camus a donné une première version du récit de cette bagarre dans la note de *Noces* qui termine « L'été à Alger ».

5 *(p. 34). Indication :* Reçu.

6 *(p. 34). Mont-de-piété :* Terme courant pour désigner le Crédit municipal, organisme de prêt sur gages.

7 *(p. 40). Tu m'as manqué :* Tu as commis une faute contre moi.

DOSSIER
par Joël Malrieu

Ce dossier pédagogique, qui s'adresse à la classe tout entière, professeur et élèves, n'est pas un commentaire complet et dogmatique de l'œuvre. Des informations et des analyses (en caractères maigres) y alternent avec des invitations à la réflexion et des consignes (en caractères gras) pour des travaux écrits ou oraux, individuels ou collectifs. Dans les deux sections principales — « Aspects du récit » et « Thématique » — l'analyse peut laisser une place plus grande à l'initiative et à la recherche du lecteur.

Pour faciliter l'élaboration des exposés oraux ou la rédaction des travaux écrits (cf. la dernière section « Divers »), on trouvera en marge les repères suivants :

   qui renvoie aux sujets concernant le point de vue de Meursault sur le monde ;

   qui renvoie aux sujets concernant la « théâtralité » de *L'étranger* ;

   qui renvoie aux sujets concernant le personnage de Meursault.

1. CONTEXTES

Repères chronologiques ▪ Genèse ▪ Contexte historique.

Repères chronologiques

1913 Naissance d'Albert Camus le 7 novembre à Mondovi en Algérie. Son père est employé dans une exploitation vinicole et sa mère presque illettrée.

1914 En août sa mère s'installe avec ses deux fils à Alger, dans le quartier populaire de Belcourt, à la suite de la mobilisation de son époux qui sera tué à la guerre le 17 octobre de la même année.

1924 Remarqué par son instituteur, Camus a le privilège d'entrer au lycée d'Alger. Il consacre ses loisirs au football et rêve d'en faire son métier.

1930 Il réussit son baccalauréat et connaît les premières atteintes de la tuberculose.

1931 Il est accueilli par son oncle qui lui offre de meilleures conditions de vie et de travail.

1932 Il entre en lettres supérieures. Son professeur de philosophie, Jean Grenier, s'intéresse à lui et s'efforce de le guider. Son intérêt pour les activités intellectuelles s'accroît. Le goût d'écrire lui vient.

1933 Il milite au « Mouvement antifasciste ».

1934 Il épouse Simone Hié, jeune femme très séduisante mais déséquilibrée par la drogue.

1935 Il adhère au Parti communiste où il est chargé du recrutement du parti dans les milieux arabes. Il crée le « Théâtre du Travail » destiné aux masses et dont les engagements politiques sont très marqués. Il commence la rédaction de ses *Cahiers*, véritable journal de travail.

En janvier de cette même année, Camus remarque le fait divers authentique à propos du Tchécoslovaque rapporté dans *L'étranger* et qui fournira l'intrigue du *Malentendu*.

1936 Voyage en Europe centrale avec sa femme avec qui il rompt durant l'été. Il prépare un diplôme d'études supérieures de philosophie, écrit les premiers essais de *L'envers et l'endroit* et commence *La mort heureuse*, roman inachevé qui servira de base à *L'étranger*.

1937 Camus reprend son activité théâtrale et fait paraître *L'envers et l'endroit*. Pour des raisons de santé, il doit renoncer à devenir enseignant. Il quitte le Parti communiste à cause de la condamnation par celui-ci des mouvements indépendantistes.

1938 Il participe en tant que journaliste à la création d'un journal de gauche dirigé par Pascal Pia : *Alger républicain*. C'est à cette occasion qu'il assiste à plusieurs procès dont certains présentent une portée politique. Le journal cesse vite de paraître. Pascal Pia crée alors *Soir républicain* où Camus continue d'écrire, notamment sous le pseudonyme de Jean Mersault.

Pascal Pia sera souvent considéré comme l'une des figures inspiratrices possibles de Meursault.

Camus écrit *Caligula* et prend des notes qui serviront à *L'étranger*.

1939 Publication de *Noces*, ensemble de quatre textes de prose poétique consacrés à l'Algérie.

1940 Deuxième mariage avec Francine Faure. Interdiction de *Soir républicain*. Achèvement en mai de la rédaction de *L'étranger*. Camus travaille à son essai philosophique, *Le mythe de Sisyphe*.

1941 Camus procède aux dernières corrections de *L'étranger*. C'est à

128

ce moment qu'il change le nom de Patrice Mersault, héros de *La mort heureuse*, pour celui de Meursault. Il achève *Le mythe de Sisyphe* et commence la rédaction de *La peste*.

1942 Juin : parution de *L'étranger* qui rencontre un vif succès.

Octobre : parution du *Mythe de Sisyphe*. Camus est introduit dans les milieux littéraires parisiens.

1943 Camus participe au journal de résistance *Combat*.

1944 Rencontre avec Sartre. Création du *Malentendu*.

1945 Création de *Caligula* avec Gérard Philipe.

1946 Camus est chargé par le ministère des Affaires étrangères d'une tournée de conférences aux États-Unis où il rencontre un succès triomphal.

1947 Publication de *La peste* qui remporte un vif succès. Il semblerait que Camus soit déjà pressenti pour le prix Nobel. Rupture avec Pascal Pia et l'équipe de *Combat*.

1948 Création de *L'état de siège*

1949 Création des *Justes*.

1951 Publication de l'essai *L'homme révolté* qui suscite de vives critiques de la part de ses amis politiques.

1952 Brouille avec Sartre. Camus adapte au théâtre *Les possédés* de Dostoïevski.

1953 Il se prononce en faveur des travailleurs tués lors des émeutes de Berlin-Est.

1956 Il lance un appel à la trêve en Algérie. Publication de son roman *La chute*.

1957 Publication d'un recueil de nouvelles commencé dès 1952, *L'exil et le royaume*, et des *Réflexions sur la peine de mort*. En novembre, Camus reçoit le prix Nobel. Il est le plus jeune auteur français à avoir obtenu ce prix.

1960 Il se tue dans un accident de voiture.

1994 Publication posthume du roman inachevé auquel il travaillait au moment de sa mort : *Le premier homme*.

Genèse

Dès 1936, Camus entame la rédaction de son premier roman, *La mort heureuse*, qui constituera la première mouture de *L'étranger*, lorsque Camus aura renoncé à le publier, et dont voici un bref résumé :

Un jeune homme, Patrice Mersault, assassine un riche vieillard infirme, Zagreus, pour s'emparer de sa fortune, et maquille avec succès son crime en suicide. Suit un flash-back qui, à travers l'évocation des deux jours précédant le meurtre, retrace l'existence modeste et routinière de Mersault. Dans la deuxième partie du roman, on voit Mersault à la poursuite du bonheur que l'aisance matérielle peut désormais lui procurer, mais atteint par la maladie contractée le jour même du meurtre et dont il meurt à la fin du roman.

En 1937, alors qu'il travaille encore à *La mort heureuse*, Camus couche sur le papier les premières notes de ce qui deviendra *L'étranger* : « Récit. L'Homme qui ne veut pas se justifier. L'idée qu'on se fait de lui, lui est préférée. Il meurt, seul à garder conscience de sa vérité. Vanité de cette consolation. » L'année suivante, il envisage de « récrire le roman » (*Carnets*) et semble l'abandonner début 1939 au profit de *L'étranger*. Commencée en mars 1940, la rédaction du nouveau manuscrit est achevée à la fin du mois d'avril, après une longue maturation.

Camus a emprunté à *La mort heureuse* des personnages, des noms et des scènes entières pour les intégrer à *L'étranger*. Marie Cardona, Salamano, Masson, entre autres, figurent déjà dans le premier roman, et nombre d'aspects de Mersault se retrouvent dans le suivant, de la vie mécanique à Belcourt au sentiment de plénitude final apporté par la mort.

Remarquons à ce propos que Camus expliquera plus tard le nom de Mersault par l'association des mots « Mer-Sol, Mer et Soleil », soulignant ainsi l'harmonie profonde de son personnage avec les éléments naturels, caractéristique également essentielle de Meursault dans *L'étranger*.

Les deux œuvres frappent par leur analogie de structure : toutes deux sont construites en deux parties, dont un meurtre constitue le pivot central. Dans les deux cas le meurtre se révèle le moteur d'un dépassement et d'une réconciliation finale. Et, de même que Meursault comprend à la fin la démarche de sa mère, Mersault s'identifie au terme de son parcours à Zagreus : « À la limite de sa force et de sa résistance, il rejoignait pour la première fois et par l'intérieur Roland Zagreus. »

Camus a éliminé de *L'étranger* les maladresses de construction qui affaiblissaient *La mort heureuse* — dispersion des lieux et des personnages, notamment — et a donné à son nouveau roman l'unité qui manquait au premier, où affleuraient en outre les réminiscences de *Crime et châtiment* de Dostoïevski.

Après avoir procédé à quelques dernières retouches,

Camus envoie son manuscrit aux éditions Gallimard, avec celui de *Caligula* et du *Mythe de Sisyphe*, qu'il souhaitait voir publiés en même temps. Malgré cela, *L'étranger* est publié séparément en 1942. En dépit de quelques critiques malveillantes inspirées par l'idéologie ambiante, le livre rencontre un succès qui ne cessera de croître. Peu après sa publication, Blanchot et Sartre lui consacrent chacun un article retentissant. Il reste aujourd'hui en tête des ventes des éditions Gallimard.

Contexte historique

L'action de *L'étranger* n'est pas précisément datée, mais se situe dans les années qui précèdent la Seconde Guerre mondiale, à un moment où l'Algérie est encore un département français. L'actualité est absente de ce roman auquel Camus a prêté une dimension volontairement anhistorique. Les critiques et les polémiques qu'il a suscitées lors de la guerre d'Algérie à propos des orientations politiques qu'il supposerait s'expliquent aisément dans le contexte houleux d'alors mais nous paraissent aujourd'hui déplacées.

L'étranger n'est pas un roman réaliste, et le propos de Camus n'y est certes pas d'ordre politique. L'Algérie qu'il présente ici n'est pas historique mais mythique : « Une terre, un ciel, un homme façonné par cette terre et ce ciel », commentera-t-il plus tard

■ Comparer l'image d'Alger dans *L'étranger* et dans *Noces*.

2. ASPECTS DU RÉCIT

Le titre ■ La structure ■ Une œuvre paradoxale ■ L'espace ■ Le temps ■ La forme narrative ■ La langue de *L'étranger* ■ Le personnage.

Le titre

● Le titre du roman repose sur une ambivalence :

▶ D'un côté, il met l'accent sur le personnage principal, à l'exclusion de tout autre élément, et souligne déjà sa caractéristique essentielle, sa **solitude** et son **unicité**.

▶ De l'autre, il le rejette dans un total **anonymat** et lui enlève toute individualité, contrairement à ce qui se passe lorsque l'auteur utilise comme titre le nom de son héros. De fait, contrairement à ce qui se passait dans *La mort heureuse*, Camus s'abstient de doter Meursault d'un prénom.

● Le titre annonce par ailleurs clairement l'essentiel. étranger, Meursault l'est en effet autant au monde qu'à lui-même, ainsi que l'exprime Sartre à travers une image très parlante : « Entre les personnages dont il parle, il [Camus] va intercaler une cloison vitrée. Qu'y a-t-il de plus inepte en effet que des hommes derrière une vitre ? il semble qu'elle laisse tout passer, elle n'arrête qu'une chose, le sens de leurs gestes. Reste à choisir la vitre ; ce sera la conscience de l'Étranger. C'est bien, en effet, une transparence : nous voyons tout ce qu'elle voit. Seulement on l'a construite de telle sorte qu'elle soit transpa-

133

rente aux choses et opaque aux significations » (*Situations I*, p 106-107).

La structure

L'étranger est composé de deux parties à peu près égales. Camus indique dans ses *Carnets* que « le sens du livre tient exactement dans le parallélisme des deux parties ». De fait, on peut y relever nombre de **parallélismes** et d'**oppositions** :

❙ Parallélismes entre la chambre de Meursault et la prison, entre les vieillards présents lors de la veillée mortuaire et le public dans le tribunal, ou entre chacun des deux mois de juin, par exemple.

❙ Oppositions, globalement, entre le dedans et le dehors, ou dans l'attitude des principaux protagonistes face à Meursault.

chap. ı	14 p.	Jeudi/vendredı : Enterrement de la mère.
chap. ıı	6 p.	Samedi/dimanche : Rencontre avec Marie.
chap. ııı	8 p.	Lundi : Rencontre avec Salamano et Raymond.
chap. ıv	6 p.	Samedi/dimanche : Bain avec Marie. Intervention de la police chez Raymond. Discussion avec Salamano.
chap. v	6 p.	Un jour de la semaine : Proposition du patron de Meursault. Marie propose le mariage à Meursault.

		Dialogue avec Salamano.
chap. VI	12 p.	Dimanche : Déjeuner chez Masson. Meurtre.
chap. I	8 p.	Instruction.
chap. II	9 p.	La vie en prison.
chap. III	14 p.	Audition des témoins.
chap. IV	9 p.	Plaidoirie et réquisitoire.
chap. V	13 p.	Scène avec l'aumônier.

■ **La plupart des personnages présents dans la première partie réapparaissent dans la seconde, notamment lors du procès. L'image que nous en donne Meursault est-elle toujours la même ou s'est-elle au contraire modifiée ? Si oui, sur quels points ?**

● Chaque partie se trouve divisée en chapitres, respectivement au nombre de six et de cinq, correspondant eux-mêmes à des tableaux, en ce sens que chacun forme un tout fermé sur lui-même, sur le plan du temps, du lieu et de l'action.

❱ On est frappé par la sobriété et le classicisme apparent de la **composition**. Chaque chapitre forme un tout bien délimité, les personnages sont régulièrement introduits les uns après les autres, reparaissent à intervalles logiques et réguliers, et entrent eux aussi dans des systèmes très classiques de rapprochement ou d'opposition. On peut ainsi comparer Raymond et Salamano, la proposition du patron de Meursault et la demande en mariage de Marie qui suit immédiatement, etc.

135

◗ Le roman s'articule par ailleurs autour de **trois moments forts** ayant pour point commun la mort :
— l'enterrement de la mère au début,
— le meurtre de l'Arabe au milieu,
— la probable exécution à la fin.

■ **Comparer le dialogue avec l'aumônier (p. 115-121) et celui avec le juge d'instruction (p. 68-71).**

● L'harmonie de cette composition est cependant minée de toutes parts. Le parallélisme entre les deux parties est tout relatif, et on ne peut guère parler ici que d'éléments dominants dans l'une ou dans l'autre

Rien de moins classique non plus que l'introduction de personnages inutiles au déroulement de l'action (la voisine de table ou le jeune journaliste), ou inversement, l'absence de tel ou tel personnage qu'on aurait dû voir reparaître (il semble que le patron de Meursault ne participe pas au procès).

L'art de Camus consiste entre autres à introduire sans cesse toutes sortes de **distorsions à peine perceptibles** dans un roman d'une facture apparemment classique, tant dans sa composition que dans son style

Une œuvre paradoxale

Un récit hors normes

L'étranger repose sur un paradoxe :

● Rares en effet sont les œuvres dont la compréhension du sens littéral est aussi immédiate : on ne rencontre dans *L'étranger* ni références historiques particulières ni allusions culturelles qui en obscurciraient la lecture, le roman est rédigé dans un langage courant, parfois même enfantin, aucun mot rare ou difficile, une syntaxe souvent empruntée à la langue orale ; bref, un texte apparemment transparent où, comme le dit Barthes, s'« accomplit un style de l'absence qui est presque une absence idéale de style ». Le personnage lui-même s'expose sans fard, sans ombre, et semble ne rien nous cacher

■ **En quoi le style de *L'étranger* n'est-il au premier abord pas « littéraire » ? Étudier la construction des phrases et le vocabulaire utilisé.**

● Et pourtant, cette langue si simple en apparence a suscité nombre de commentaires et provoqué les interrogations les plus variées. C'est ainsi qu'on a pu la comparer à celle de Kafka ou, très différemment, à la « technique américaine » d'un Dos Passos ou d'un James Cain. Quant à Meursault, on a pu le rapprocher de l'Ingénu de Voltaire, de Fabrice del Dongo dans *La Chartreuse de Parme* de Stendhal, des héros du *Procès* et du *Château* de Kafka, ou encore d'Antoine Roquentin dans *La nausée* de Sartre. Tous ces personnages sont en décalage par rapport au monde.

■ **En quoi leur inadaptation est-elle différente de celle de Meursault ?**

Des commentateurs déroutés

Les choses ne sont pas plus claires si on lit quelques-uns de ses principaux commentateurs. Sartre l'envisage comme la mise en œuvre fictionnelle de la philosophie de l'absurde développée par Camus dans *Le mythe de Sisyphe*, Barthes le définit comme le « premier roman classique de l'après-guerre », tandis que d'autres y voient une préfiguration du Nouveau Roman. On pourrait appliquer à ces différentes interprétations la formule de l'avocat de Meursault : « Tout est vrai et rien n'est vrai ! » (p. 91).

Plus récemment encore, l'embarras de Gérard Genette à rendre compte de cette œuvre (*Nouveau discours du récit*, Le Seuil, 1983, p. 83-87) témoigne assez de son caractère insaisissable. Ce critique est tenté d'y voir, selon sa terminologie, un cas de « narration homodiégétique à focalisation externe », c'est-à-dire que le lecteur serait à la fois à l'intérieur de la conscience du personnage — du fait de l'emploi de la première personne — et à l'extérieur — du fait du parti pris d'impersonnalité. La situation ainsi décrite est tellement contradictoire que Gérard Genette conclut : « Déclinons donc toute interprétation et laissons ce récit à son indécision. »

C'est certes le propre de toutes les grandes œuvres de susciter ainsi des lectures multiples, mais il y a ici quelque chose d'autre : **l'œuvre se dérobe**, au sens strict du terme.

Un auteur silencieux et fuyant

Si l'on considère les commentaires de Camus sur son roman, on est frappé par leur rareté, leur imprécision volontaire, leur hétérogénéité — ce qui peut certes s'expliquer par la volonté de l'auteur de ne pas « fermer » son œuvre —, mais aussi par le fait qu'ils le définissent en quelque sorte **en creux**, par ce qu'il n'est pas. Dès les *Carnets*, on lit : « Ainsi, je définis mon personnage négativement », et plus tard : « *L'étranger* n'est ni réaliste ni fantastique », (lettre inédite citée par Bernard Pingaud dans sa présentation de *L'étranger*, Foliothèque n° 22, p. 191).

Une œuvre « ni réaliste ni fantastique » ?

L'étranger échappe à toute tentative de classification parce qu'il déjoue systématiquement les codes littéraires traditionnels :

❯ en les **déviant** d'une part,

❯ en les **combinant** entre eux de façon contradictoire, d'autre part.

Le sentiment de malaise que ressent le lecteur, et qui va de pair avec cette impossibilité où il se trouve de ramener le roman à une catégorie connue, tient au fait que, derrière sa transparence apparente, rien en fait ne s'y présente comme il le devrait : *L'étranger* repose sur une combinaison d'éléments qui, normalement, ne fonctionnent pas ensemble, qu'il s'agisse de la représentation de l'espace et du temps, de la forme narrative ou de l'image du personnage.

L'espace

Un espace réaliste

En ce qui concerne la représentation de l'espace, Camus multiplie les **effets de réel**.

● Contrairement à ce qui se passe chez Kafka ou Robbe-Grillet, l'action se situe dans un lieu bien identifiable :

Alger ; l'appartement de Meursault s'y trouve précisément localisé : le quartier de Belcourt, excentré et populaire, où Camus vécut lui-même avec sa mère durant son enfance. Les quelques autres indications dont dispose le lecteur sont elles aussi conformes à la réalité : la prison est effectivement située sur les hauteurs d'où il est possible d'apercevoir la mer (p. 74).

● La seule liberté importante que Camus se soit permise par rapport à la topographie concerne la plage où se produit le meurtre, beaucoup plus proche de la ville dans la géographie romanesque que dans la réalité.

● Mais, surtout, Meursault a de l'espace une représentation parfaitement claire : ce personnage, qui semble n'avoir aucune notion du temps, possède sans faille celle de l'espace. Il nous précise que « l'asile de vieillards est à Marengo, à quatre-vingts kilomètres d'Alger » (p. 9), qu'il faut, pour atteindre la plage, « traverser un petit plateau qui domine la mer » (p. 53), et que Salamano promène son chien rue de Lyon (p. 31). De façon générale, Meursault se situe avec exactitude et précision dans l'espace : « Je suis entré dans une très grande salle éclairée par une vaste baie. La salle était séparée en trois parties par deux grandes grilles qui la coupaient dans sa longueur. Entre les deux grilles se trouvait un espace de huit à dix mètres qui séparait les visiteurs des prisonniers » (p. 74).

■ Chercher dans le roman d'autres exemples de ce souci de vérité dans la représentation de l'espace.

Un espace subjectif

Quelques éléments discrets viennent pourtant subvertir cette représentation réaliste. Il est par exemple impossible de visualiser l'appartement do Meursault, beaucoup plus grand, semble-t-il, que l'espace que celui-ci occupe : « Après le déjeuner, je me suis ennuyé un peu et j'ai erré dans l'appartement. Il était commode quand maman était là. Maintenant il est trop grand pour moi [...]. Je ne vis plus que dans cette pièce [...]. Le reste est à l'abandon » (p. 25).

Plus généralement, à côté de quelques notations géographiques précises — la rue de Lyon (p. 31) ou le Champ de Manœuvres (p. 43) —, Camus introduit des **notations purement sensorielles**. C'est à travers ce qu'il voit, et surtout entend, que Meursault semble construire sa représentation de l'espace : à une représentation intellectuelle se superpose une représentation sensorielle, et pour ainsi dire animale, qui contribue au sentiment d'étrangeté que produit tout le roman.

Plus encore, à des notations réalistes s'en superposent d'autres qui ne le sont nullement. À deux reprises, par exemple, Meursault nous dit que le ciel était vert (p. 30 et 113).

■ **Relever des passages où apparaît un brouillage dans la représentation de l'espace.**

Il en va de même pour la façon dont Meursault présente les lieux qu'il occupe. Il dénature à plusieurs reprises les attributs traditionnels des lieux : Meursault qualifie ainsi la prison de « chambre où il y avait plusieurs détenus » (p. 73) et déclare : « J'ai senti que j'étais chez moi dans ma cellule » (p. 73).

■ **Comparer la description que Meursault fait de sa chambre (p. 25) à celle de sa cellule (p. 74).**

Un espace ambivalent

On n'assiste pas pour autant à un simple renversement; le projet de *L'étranger* est trop subtil pour se prêter à un schéma aussi réducteur : la cellule de Meursault n'est pas plus protectrice, ou inversement porteuse d'angoisse, que sa chambre. Un même lieu peut se trouver ainsi investi de valeurs soit positives, soit négatives : la plage où se baignent Meursault et Marie devient peu après le théâtre étouffant du meurtre de l'Arabe.

Camus a refusé la tentation d'un symbolisme facile qui aurait été contraire à son projet. L'opposition entre un dehors où Meursault serait libre dans la première partie, et un dedans le présentant prisonnier, dans la seconde, n'est qu'apparente.

● En fait l'espace de la première partie est majoritairement clos. Non seulement la première partie se déroule surtout dans des intérieurs, mais même la plage où se produit le meurtre se définit elle aussi par des images de clôture : « ... nous sommes restés encore immobiles comme si tout s'était refermé autour de nous. Nous nous regardions sans baisser les yeux et tout s'arrêtait ici entre la mer, le sable et le soleil, le double silence de la flûte et de l'eau » (p. 59).

● Parallèlement, l'espace de la seconde partie n'est pas aussi fermé qu'il y paraît : Meursault ne cesse d'être confronté au dehors aussi bien par ses interlocuteurs que par les bruits qui lui parviennent.

Chaque lieu est susceptible d'être chargé de **valeurs radicalement différentes** ou inattendues : l'asile comme la prison, lieux négatifs par ailleurs, permettent à Meursault de respirer « l'odeur de la terre fraîche » (p. 17 ; cf aussi p. 121), avec tout ce que cela comporte de positif. De même, des lieux très différents peuvent être investis de valeurs identiques.

■ **Comparer la morgue (p. 12 à 15), la plage (p. 60) et le parloir de la prison (p. 74).**

Ainsi, nous avons affaire à une représentation de l'espace qui n'est ni franchement objective, intellectuelle ou réaliste, ni franchement subjective ou sensorielle, mais qui combine certains aspects de chacun de ces modes de représentation.

Le temps

La vision que *L'étranger* nous propose du temps est encore plus problématique et contradictoire que celle de l'espace.

Une temporalité réaliste

Pour une part, Meursault a une perception relativement claire et précise de l'écoulement du temps, et la **chronologie des événements** est aisée à reconstituer : la première partie du roman s'étend sur une durée de deux semaines et demie, et chaque chapitre privilégie une à deux journées différentes. Quant à la seconde, elle couvre une période d'une année entière, et le procès s'achève avant la fin du mois de juin (p. 83).

Même au cours de cette deuxième période où le temps semble plus ou moins immobilisé (p. 81), Meursault dispose de points de repère précis : l'épisode de la gamelle (p. 81) a lieu cinq mois après son arrestation, et Meursault sait à peu près à quel moment Marie est venue lui rendre visite. Aucune surprise, donc, dans cette **temporalité linéaire**, où ne se rencontre aucune anticipation, et où les retours en arrière sont rares.

■ **En quoi la nature et la place des adverbes de temps renforcent-elles l'impression que les événements se succèdent linéairement?**

Une temporalité subjective

Pourtant, derrière leur apparente clarté, les références temporelles apparaissent vite troubles. Ainsi, il est impossible de dater l'action avec précision. Tout au plus peut-on affirmer qu'elle se déroule dans les années qui précèdent la Seconde Guerre mondiale; impossible aussi de fixer l'âge de Meursault, de savoir depuis combien de temps il a abandonné ses études ou rencontré Marie pour la première fois (p. 23).

Il est vrai que nous avons affaire à une temporalité subjective et que, dans son esprit, Meursault n'a nul besoin de rappeler ces points de repère temporels. De la même façon, on conçoit aisément que Meursault insiste dans son récit sur ce qui pour lui constitue des **moments forts** (ses bains avec Marie, par exemple), tandis qu'il glisse rapidement sur ses journées passées au bureau.

■ **Donner d'autres exemples de ces moments forts.**

■ **Analyser la concentration et la dilatation du temps dans chacune des deux parties du roman.**

Des illogismes dans la perception du temps

Mais la perception que Meursault semble avoir du temps est contradictoire : d'une part, il sait se situer correctement dans le temps ; de l'autre, il donne l'impression d'être incapable de se projeter dans l'avenir au-delà de quelques jours, et de n'avoir à la limite qu'une représentation sensorielle, **presque animale**, du temps. Meursault a rarement conscience de l'heure (cf. p. 55) et regarde plus souvent la position du soleil dans le ciel que sa montre.

■ Comparer le rapport de Meursault au temps lors de l'enterrement et lors du dimanche du meurtre.

● Sans aucun projet d'avenir, sans attente particulière autre que celle d'un bien-être prochain, Meursault semble vivre dans une sorte de **perpétuel présent**.

● Son **rapport au passé** est encore plus confus : le même homme qui se révèle capable d'évoquer les moindres détails de son interrogatoire, survenu onze mois plus tôt, ne se rappelle que par quelques brèves images certains événements tout récents : « J'ai encore gardé quelques images de cette journée » (p. 22), nous dit-il presque incidemment pour conclure le récit de l'enterrement de sa mère ; et il ne se souvient de rien de la fin des plaidoiries, sinon d'un détail annexe : le son de la trompette d'un marchand de glace (p. 105).

De façon générale, Meursault privilégie certains moments sur lesquels il s'étend longuement, alors que nous jugeons secondaires, voire inutiles, les événements qui s'y déroulent (la description de sa voisine de table chez Céleste, p. 48) ; en revanche, des moments *a*

145

priori forts sont littéralement escamotés (la fin du récit de l'enterrement).

■ **Peut-on appliquer à l'ensemble du roman ces mots de Meursault en prison : « Je n'avais pas compris à quel point les jours pouvaient être à la fois longs et courts. Longs à vivre sans doute, mais tellement distendus qu'ils finissaient par déborder les uns sur les autres. Ils y perdaient leur nom » (p. 80) ?**

● En outre, Meursault ne cesse de **perdre la notion du temps**, et pas seulement en prison, comme en témoignent par exemple l'épisode du repas chez Masson (p. 55) ou ses nombreux moments d'absence au cours de son procès, créant ainsi le sentiment d'une temporalité certes linéaire, mais en pointillé. *L'étranger* subvertit systématiquement les cadres romanesques traditionnels, d'autant plus que l'étrangeté de cette représentation du temps se trouve redoublée par la distorsion que Camus imprime au temps de la narration.

La forme narrative

Quand Meursault raconte-t-il son histoire ? À première lecture, déjà, les choses sont contradictoires : il semble en effet que la première partie ressortisse davantage de la forme du **journal**, où les événements sont évoqués au fur et à mesure, et que la seconde relève plutôt du **récit rétrospectif**, type Mémoires, où le narrateur se penche sur un passé plus ou moins lointain et dresse une sorte de bilan.

Un journal?

L'aspect « journal » de la première partie éclate à la lecture des débuts de chapitre : « Aujourd'hui, maman est morte », déclare Meursault dès la réception du télégramme de l'asile le jeudi ; « c'est aujourd'hui samedi », écrit-il au début du chapitre II, tandis qu'un « Aujourd'hui j'ai beaucoup travaillé au bureau » ouvre le chapitre III qui commence le lundi de la semaine suivante.

En outre, Meursault comprend seulement le samedi (p. 23) pourquoi son patron « n'avait pas l'air content » (p. 9) qu'il lui demande deux jours de congé. Chaque chapitre de cette partie correspond donc à une période d'un jour à une semaine et Meursault ne sait rien de ce qui va suivre à chaque fois (cf. tableau, p. 134-135).

■ **Relever d'autres indices d'énonciation qui rattachent la première partie à la forme du journal.**

Des Mémoires?

En revanche, le caractère largement rétrospectif de la deuxième partie ne fait aucun doute. Meursault situe lui-même avec précision le moment de la narration : à la fin du premier chapitre, il nous parle des « onze mois qu'a duré cette instruction » (p. 72) et nous apprend un peu plus loin que « l'été a très vite remplacé l'été » (p. 83). Par conséquent, le récit serait rédigé à peu près au jour le jour durant la première partie, au cours d'un certain mois de juin, et à un moment où tout est déjà joué dans la seconde, y compris la condamnation, au cours du mois de juin de l'année suivante.

Une forme hybride?

Non seulement il y a lieu d'être surpris par une telle combinaison de formes narratives différentes sinon contradictoires, mais en outre les choses se révèlent plus complexes.

● L'hypothèse d'un récit sous forme de journal se heurte à des **invraisemblances** criantes : qu'il n'y ait ni date ni heure n'a guère d'importance, mais comment expliquer que Meursault dise · « Je prendrai l'autobus à deux heures et j'arriverai dans l'après-midi » (p. 9), alors que quelques lignes plus loin, il déclare : « J'ai pris l'autobus à deux heures » (p. 9) ? N'aurait-il rédigé dans un premier temps que quelques lignes, et rapporterait-il ainsi la suite le lendemain soir, au retour de l'enterrement ?

Mais alors, comment se fait-il que Meursault, apparemment épuisé par ces deux journées et ne songeant qu'à aller se « coucher et dormir pendant douze heures » (p. 22), trouve encore l'énergie de rédiger plus de vingt pages ? Dans quel temps également rédigerait-il le chapitre IV qui se clôt pourtant sur sa décision d'aller se coucher sans dîner ?

■ **Étudier les décrochages temporels dans le chapitre IV de la première partie.**

● En outre, un journal est *a priori* écrit uniquement pour soi-même. Or, Meursault éprouve, par exemple, le besoin de préciser qu'Emmanuel « travaille à l'expédition » (p. 29). Une telle remarque suppose qu'il s'adresse en fait à un **destinataire extérieur**.

● De plus, la forme du journal suppose l'emploi de cer-

148

tains **adverbes propres au discours**, tels que « aujourd'hui », « hier » ou « demain ». On rencontre en effet ces adverbes tout au long de la première partie Mais même la valeur de tels adverbes se trouve faussée : « J'avais même l'impression que cette morte, couchée au milieu d'eux, ne signifiait rien à leurs yeux. Mais je crois maintenant que c'était une impression fausse » (p. 16). À quel moment se situe ce « maintenant » ? Dès le lendemain ? Cela paraît peu probable. Après le jugement ? C'est contradictoire avec d'autres données.

● Et que faire par ailleurs de ces marques temporelles liées au **système du récit**, et qui supposent un regard rétrospectif beaucoup plus étendu ? Ainsi, page 52, au lieu de dire comme on s'y serait attendu : « Hier nous sommes allés au commissariat », Meursault écrit « La veille nous étions allés au commissariat. » Nous n'avons plus affaire à la forme du journal, mais à celle des **Mémoires**, et ce, dès la première partie

● Inversement, s'il est vrai que la seconde partie semble rédigée globalement après la condamnation de Meursault, et se présente plutôt sous forme de Mémoires, le dernier chapitre du roman renoue au contraire avec la forme du **journal** : « Pour la troisième fois, j'ai refusé de recevoir l'aumônier Je n'ai rien à lui dire, je n'ai pas envie de lui parler, je le verrai bien assez tôt » (p. 109). Dans ce cas les quatre premiers chapitres seraient rédigés en effet après le verdict, mais bizarrement, le dernier serait tout juste entamé avant l'intervention du prêtre quelques minutes plus tard, que Meursault ne soupçonne visiblement pas.

Plus encore, le début du chapitre est narré **avant** l'intervention de l'aumônier (p. 109), mais la suite, à partir de la page 115, est manifestement narrée **après**, et même assez longtemps après, si l'on en croit l'indication : « ce soir-là » (p. 115), qui renvoie à un moment relativement éloigné dans le passé. On ne sait trop que penser non plus d'une affirmation comme celle-ci : « C'était naturel, j'étais jeune » (p. 78) à l'imparfait au lieu du présent attendu. De quelque côté qu'on se tourne, **le temps de l'énonciation est brouillé**.

■ **Étudier les illogismes des différents indices d'énonciation dans le dernier chapitre du roman.**

En toute logique, ces différentes contradictions ne sont susceptibles que d'une seule explication : les différents moments du récit correspondraient à différents moments de conscience. *L'étranger* ne serait alors pas un récit écrit — journal ou Mémoires —, mais une forme particulière de monologue intérieur.

Un monologue intérieur ?

Une telle hypothèse, outre qu'elle rendrait à peu près compte des différents illogismes de la narration, permettrait d'expliquer la simplicité du vocabulaire et de la syntaxe employés, et notamment l'usage du passé composé et celui de la parataxe.

● Le **passé composé**, dans cet emploi, ne relève pas du code écrit, mais bien du code oral, et son usage renforce l'aspect alittéraire du roman. En même temps, il produit un effet de réel et donne l'impression d'un témoignage d'événements effectivement vécus, ou d'une relation spontanée, non réfléchie, des pensées et sentiments du personnage. Comme l'écrit Sartre : « La phrase est nette,

150

sans bavures, fermée sur soi; elle est séparée de la phrase suivante par un néant, comme l'instant de Descartes est séparé de l'instant qui suit. Entre chaque phrase et la suivante le monde s'anéantit et renaît [...]. C'est pour accentuer la solitude de chaque unité phrastique que M. Camus a choisi de faire son récit au parfait composé » (*Situations I*, p. 109).

● Cette impression que décrit Sartre résulte en fait de la conjugaison de l'emploi du passé composé et de la **parataxe**. En dehors de la conjonction « parce que », on rencontre en effet peu de conjonctions de subordination dans *L'étranger*, et les seules coordinations sont « et », « puis » ou « alors ». Chaque remarque, chaque événement se trouve ainsi dissocié de ce qui précède et de ce qui suit, du moins sur le plan logique. Tout se passe comme si nous avions affaire, comme dans un monologue intérieur, à une conscience ou une perception immédiate, incapable ou insoucieuse d'établir des rapprochements ou des liens logiques entre les choses, ainsi que de se projeter dans un avenir un peu lointain.

■ **Montrer que Meursault ne se projette pas dans l'avenir.**

● Mais l'hypothèse d'un monologue intérieur s'effondre à son tour si l'on considère qu'à côté de ces phrases simples et courtes, dépourvues de toute recherche, Meursault recourt, plus souvent qu'il n'y paraît, à une **langue très travaillée**. On est frappé par le caractère poétique de la dernière page, ou du récit du meurtre, par exemple, où abondent métaphores et comparaisons. Comment expliquer l'irruption aussi importante que soudaine des subjonctifs imparfaits ou plus-que-parfaits dans le dernier chapitre du roman — pas moins de six en l'espace de six pages —, alors qu'on n'en rencontre pratiquement pas ailleurs? De façon générale, la langue de Meursault est aussi contradictoire que tout le reste de l'œuvre.

La langue de *L'étranger*

Le vocabulaire de *L'étranger* est simple, les phrases généralement courtes, la syntaxe parfois même élémentaire, de sorte que le lecteur ne remarque pas toujours à première lecture qu'au milieu de cette langue transparente, Camus glisse toutes sortes d'**anomalies à peine perceptibles**, affectant la syntaxe, et même le sens de la phrase.

● Meursault use en effet parfois d'une langue qui confine à la préciosité, avec des archaïsmes : « J'ai dit "oui" pour n'avoir plus à parler » (p. 10), « On aurait dit d'un jacassement assourdi de perruches » (p. 11), des inversions surprenantes de la place du complément. « ... plus je réfléchissais et plus de choses méconnues et oubliées je sortais de ma mémoire » (p. 79), ou des rapprochements inattendus : « cette préméditation irrésistible » (p. 109-110). Camus a d'ailleurs corrigé son manuscrit en prêtant à Meursault une langue plus soignée et moins marquée de traits dialectaux qu'à l'origine.

● Le sens de la phrase en vient ainsi à se diluer : « La journée a tourné encore un peu » (p. 27), au point même de se perdre totalement : « Du fond de mon avenir, pendant toute cette vie absurde que j'avais menée, un souffle obscur remontait vers moi à travers des années qui n'étaient pas encore venues et ce souffle égalisait sur son passage tout ce qu'on me proposait alors dans les années pas plus réelles que je vivais » (p. 120).

■ **Montrer les contradictions internes du langage de Meursault dans le chapitre vi de la première partie.**

Tous ces procédés contribuent au sentiment général de **déséquilibre** que produit l'œuvre. Le narrateur est éclaté entre toutes sortes de contradictions qui interdisent de s'en faire une image.

Le personnage

Camus a choisi de mettre en scène un **personnage vide**, sans personnalité marquée, sans même de prénom qui préciserait son identité. Cette absence d'attributs a parfois amené hâtivement à y voir une préfiguration des personnages que l'on peut rencontrer dans le Nouveau Roman.

● Depuis Flaubert, ce type de personnage n'est pas rare, d'autant plus que, comme Flaubert, Camus prend soin de doter Meursault d'une certaine identité socioprofessionnelle, d'un passé — même si nous en savons peu de chose —, d'une certaine psychologie, et même de tics de langage (l'expression « dans un sens..., mais dans l'autre... » revient sans arrêt dans son discours). En fait, loin d'être la figure anonyme et abstraite de certains personnages de Robbe-Grillet, Meursault possède une réelle épaisseur, au point d'avoir pu donner lieu à des analyses d'ordre psychologique ou réaliste.

C'est ainsi que le regard de Meursault n'est neutre

153

qu'en apparence. Il ne fait aucun doute que son discours produit un effet de neutralité, mais en fait, ce discours abonde en appréciations subjectives et en jugements de valeur, le plus souvent dévalorisants, parfois même jusqu'à la caricature : la description des passants dans la rue (p. 25 sq.), celle du juge d'instruction, ou la réaction suscitée par la blancheur des bras de Raymond (p. 52) sont surtout révélatrices de la personnalité de Meursault. La vision qui nous est rapportée est bien celle d'un sujet, et d'un sujet beaucoup plus **individualisé** qu'il n'y paraît.

● Mais, conformément à la logique interne de tout le roman, cette individualisation du personnage est immédiatement remise en cause. En effet, si l'on s'en tient à une lecture psychologique, le personnage présente des **incohérences** manifestes.

▶ Celui-là même qui se trouve étourdi d'être monté chez Emmanuel et d'avoir couru pour ne pas rater l'autobus (p. 10) semble par ailleurs dans l'eau un sportif émérite, et n'hésite pas à se lancer, sans la moindre gêne apparente, à la poursuite d'un camion qu'il rattrape au vol (p. 30).

■ **Dégager les différentes contradictions que l'on peut constater dans le comportement de Meursault.**

▶ Comment se fait-il que Meursault parle durant près de deux pages d'une femme dont il ignore tout et dont surtout il nous dit qu'il « l'a [...] oubliée assez vite » (p. 48) ? De la même façon, Meursault, visiblement replié sur lui-même et peu soucieux de lier contact avec autrui, comme le souligne Céleste lors du procès (p. 92), témoigne par moments d'une curiosité étonnante, qu'il s'agisse de l'après-midi du dimanche qu'il passe à observer les gens dans la rue (p. 25-28) ou, plus encore, de l'intérêt inexplicable qu'il porte à sa voisine de table (p. 48).

■ **Donner d'autres exemples de l'intérêt que Meursault prête au discours des autres ou à leur comportement.**

▶ Meursault se définit tout entier par des **attributs contradictoires**. D'un côté, on a affaire à un adulte cultivé, à qui Raymond et Salamano demandent conseil et à qui son patron offre une promotion ; de l'autre, à un personnage plus ou moins infantile, qui ne désigne sa mère que par le terme « maman » et ne semble avoir retenu de Paris que ceci : « C'est sale. Il y a des pigeons et des cours noires. Les gens ont la peau blanche » (p. 47).

● Meursault échappe à toute lecture réaliste, malgré les effets de réel dont Camus l'entoure, et **les autres personnages** participent de cette même logique.

▶ Camus multiplie à leur propos les détails réalistes visant à leur donner vie et à les individualiser : chacun a sa façon particulière de parler, de Masson avec son tic de langage (« et je dirai plus », p. 54) à Raymond et son parler local très typé (la langue de cagayous, langage populaire d'Alger, caractérisé par « un vocabulaire typique et [...] une syntaxe spéciale », nous dit Camus dans *Noces*).

▶ Mais en fait, chaque notation réaliste se trouve immédiatement annihilée par une autre qui ne l'est pas. Meursault nous dit à propos de Marie : « On devinait ses seins durs et le brun du soleil lui faisait un visage de fleur » (p. 39) et de sa voisine de table : « Elle avait des gestes saccadés et des yeux brillants dans une petite figure de pomme » (p. 48). Plus encore, quelle image peut-on avoir de Salamano, dont les yeux seraient rouges (p. 43), la

155

peau munie d'écailles (p. 50), le poil jaune (p. 31) et les mains croûteuses (p. 44) ?

● Non seulement Meursault est, comme les autres personnages, irréductible à une représentation réaliste, mais en outre, **il n'a pas d'identité définie** ; il est toujours à la fois lui-même et un autre.

▶ Sans cesse il se pose le problème de son identité. Il s'inquiète de ce qu'on puisse « juger un homme pour un autre » (p. 87) et, face au jeune journaliste, il éprouve « l'impression bizarre d'être regardé par [lui]-même » (p. 86). Cette perte d'identité culmine sans doute lors de la scène de la gamelle : « ... je me suis regardé dans ma gamelle de fer. Il m'a semblé que mon image restait sérieuse alors même que j'essayais de lui sourire. Je l'ai agitée devant moi. J'ai souri et elle a gardé le même air sévère et triste » (p. 81).

Contrairement au Patrice Mersault de *La mort heureuse*, Meursault n'est pas doté par Camus d'un prénom, ce qui ne fait que renforcer encore le flou de son identité.

■ **En quoi l'histoire du Tchécoslovaque (p. 80) est-elle une métaphore des problèmes d'identité de Meursault ?**

▶ Les autres confortent d'ailleurs Meursault dans cette idée. Le procureur l'assimile au parricide qui doit être jugé le lendemain : « L'homme qui est assis sur ce banc est coupable aussi du meurtre que cette cour devra juger demain. Il doit être puni en conséquence » (p. 102) ; son avocat lui vole sa voix (p. 104), ce qui provoque des réactions légitimes de sa part : « Moi, j'ai pensé que c'était m'écarter encore de l'affaire, me réduire à zéro et, en un certain sens, se substituer à moi » (p. 104) et suscite son

156

interrogation. « Mais tout de même, qui est l'accusé? »
(p. 99).

▶ Pour accentuer cette confusion, Camus recourt à plusieurs reprises au **style indirect libre**, qui permet à Meursault d'endosser — ou de paraître endosser — le discours de l'autre : qu'il s'agisse de celui du procureur, pourtant opposé au sien (« J'avais provoqué sur la plage les adversaires de Raymond. [...] Je lui avais demandé son revolver. J'étais revenu seul pour m'en servir. J'avais abattu l'Arabe comme je le projetais », p. 100), ou de celui de Raymond : « Un peu plus tard, il avait trouvé chez elle "une indication" du mont-de-piété qui prouvait qu'elle avait engagé des bracelets. Jusque-là, il ignorait l'existence de ces bracelets » (p. 34).

▶ En outre, loin de revendiquer une quelconque individualité, Meursault ne cesse au contraire d'affirmer jusqu'à la fin qu'il est « comme tous les autres » : « J'avais le désir de lui affirmer que j'étais comme tout le monde, absolument comme tout le monde » (p. 67); et inversement tous les autres sont comme lui : « ... un seul destin devait m'élire moi-même et avec moi des milliards de privilégiés qui, comme lui, se disaient mes frères. [...] Lui aussi, on le condamnerait. Qu'importait si, accusé de meurtre, il était exécuté pour n'avoir pas pleuré à l'enterrement de sa mère? » (p. 120-121).

■ **Dans quelle mesure Meursault est-il « comme tous les autres »?**

Le personnage, contradictoire, éclaté, ne cesse de se diluer à travers ces différents effets de brouillage qui ne permettent en fait ni une lecture psychologique ou réaliste, ni une lecture symbolique, ni même la simple assi-

milation à une de ces figures anonymes fréquentes dans
le roman moderne. De quelque côté que l'on se tourne,
L'étranger déjoue toute tentative de classification.

3. THÉMATIQUE

Nature et société ■ La justice ■ L'absurde.

Nature et société

À première vue, *L'étranger* repose entre autres sur une **opposition entre le naturel et le social**. Camus lui-même encourage cette interprétation lorsqu'il écrit : « Le héros du livre est condamné parce qu'il ne joue pas le jeu En ce sens, il est étranger à la société où il vit, il erre, en marge, dans les faubourgs de sa vie privée, solitaire, sensuelle » (préface à l'édition américaine, 1955).

■ **En quoi peut-on rapprocher Meursault de l'Ingénu de Voltaire ?**

L'extériorité de Meursault par rapport à la société se manifeste de deux façons complémentaires d'une part son ignorance, et même son refus, des **codes sociaux**, d'autre part le rapport profond qu'il entretient avec les **éléments naturels**.

● « Meursault, contrairement aux apparences, ne veut pas se simplifier la vie. Il dit ce qu'il est, il refuse de masquer ses sentiments et aussitôt la société se sent menacée [...]. On ne se tromperait donc pas beaucoup en lisant dans *L'étranger* l'histoire d'un homme qui, sans aucune attitude héroïque, accepte de mourir pour la vérité » (préface à l'édition américaine).

▶ L'image du jeu est récurrente dans *L'étranger*. À propos de son interrogatoire, Meursault déclare : « J'avais déjà lu une description semblable dans des livres et tout cela m'a paru un jeu » (p. 66), tout comme il conclut ainsi sur l'histoire du Tchécoslovaque : « De toute façon, je trouvais que le voyageur l'avait un peu mérité et qu'il ne faut jamais jouer » (p. 80). Meursault ne se contente pas d'ignorer parfois le jeu social (« J'étais très étonné. Je me suis penché vers un gendarme et je lui ai demandé pour-quoi », p. 104), il refuse aussi de le jouer. Après avoir refusé l'offre de promotion de son patron, il conclut : « J'aurais préféré ne pas le mécontenter, mais je ne voyais pas de raison pour changer ma vie » (p. 46). Et à Marie qui lui propose le mariage : « Elle a observé alors que le mariage était une chose grave. J'ai répondu : "Non." » (p. 46).

Il n'y a là ni provocation ni refus délibéré des codes, mais simple constat, qui s'accompagne d'ailleurs d'un souci constant d'envisager les choses sous leurs diffé-rents aspects : « Je n'avais jamais pensé à cela. Je l'ai approuvé » (p. 78). C'est la société qui croit pouvoir porter un jugement sûr et définitif sur les choses et les êtres ; Meursault, lui, soucieux de vérité, suspend toujours son jugement.

■ **En quoi l'expression favorite de Meursault : « dans un sens…, mais dans l'autre… » est-elle révélatrice du person-nage ?**

▶ Contrairement à Meursault, la **société** est tout entière placée sous le signe de l'**artifice** et du code. Codes sociaux, qui entraînent toute une série de rites auxquels chacun doit se conformer, qu'il s'agisse d'obsèques ou de procès ; codes linguistiques aussi : les discours des avo-cats obéissent à des stéréotypes qui ne tiennent aucun compte de l'individu concerné, et les divers témoignages

160

de sympathie accordés à Meursault après le décès de sa mère semblent plus souvent relever d'un simple respect des convenances que de sentiments sincères. C'est pour n'avoir pas respecté ces différents codes que Meursault sera condamné.

C'est ainsi que le même acte prend des significations variables selon les besoins du moment : le fait de fumer devant un défunt n'a pas d'importance lorsqu'il s'agit du concierge, mais devient une charge accablante dans le cas de Meursault (p. 90-91).

Ce sont ceux-là mêmes qui sont chargés d'établir la vérité qui la travestissent et utilisent le langage non pour représenter les choses, mais pour en donner une image tendancieuse : « J'ai mis du temps à le comprendre, à ce moment, parce qu'il disait "sa maîtresse" et pour moi, elle était Marie » (p. 100).

Ainsi cette société, qui ne vit que par et pour le respect de ses propres codes, n'hésite pas à les transgresser : le télégramme initial est rédigé en termes laconiques et désinvoltes, le patron de Meursault ne juge pas nécessaire de lui adresser ses condoléances, et le concierge lui propose du café au lait (p. 14). Le directeur de l'asile justifie lui-même Meursault d'avoir placé sa mère dans un asile de vieillards (p. 10), mais l'en accusera plus ou moins lors de son procès (p. 89) ; le concierge déclare que Meursault n'a pas voulu voir sa mère (p. 90), ce qui n'est que très partiellement vrai, Meursault ayant au contraire affirmé : « J'ai voulu voir maman tout de suite. Mais le concierge m'a dit qu'il fallait que je rencontre le directeur » (p. 10). Le parallélisme des deux parties prend là une portée nouvelle ; la société s'y révèle sous son véritable jour

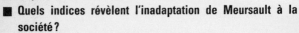 ■ **Quels indices révèlent l'inadaptation de Meursault à la société ?**

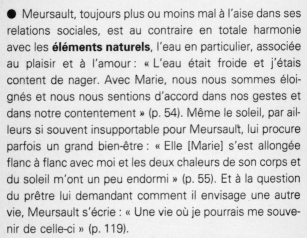

● Meursault, toujours plus ou moins mal à l'aise dans ses relations sociales, est au contraire en totale harmonie avec les **éléments naturels**, l'eau en particulier, associée au plaisir et à l'amour : « L'eau était froide et j'étais content de nager. Avec Marie, nous nous sommes éloignés et nous nous sentions d'accord dans nos gestes et dans notre contentement » (p. 54). Même le soleil, par ailleurs si souvent insupportable pour Meursault, lui procure parfois un grand bien-être : « Elle [Marie] s'est allongée flanc à flanc avec moi et les deux chaleurs de son corps et du soleil m'ont un peu endormi » (p. 55). Et à la question du prêtre lui demandant comment il envisage une autre vie, Meursault s'écrie : « Une vie où je pourrais me souvenir de celle-ci » (p. 119).

Ce n'est pas un hasard si Camus, chaque fois qu'il parle de la transparence de Meursault et de sa soif de vérité, associe son personnage aux images du soleil et des éléments naturels : « Meursault est [...] un homme pauvre et nu, amoureux du soleil qui ne laisse pas d'ombres. Loin qu'il soit privé de toute sensibilité, une passion profonde, parce que tenace, l'anime, la passion de l'absolu et de la vérité » (préface à l'édition américaine). Et ailleurs : « Il existe, comme une pierre ou le vent ou la mer, sous le soleil, qui, eux, ne mentent jamais (lettre citée par Bernard Pingaud, *op. cit.*, p. 191).

■ **Comparer l'exploitation des thèmes méditerranéens dans *L'étranger* et dans *Noces* ou *L'été*.**

162

● Mais une fois de plus, Camus brouille les pistes

▶ D'abord parce que Meursault, loin de refuser systématiquement les codes sociaux, se montre au contraire particulièrement soucieux de s'y conformer : il emprunte une
cravate noire et un brassard à un ami (p. 10) et hésite sur
la conduite à tenir lors de la veillée mortuaire (p. 14). Il
approuve toujours, après réflexion, telle ou telle pratique
qui l'a d'abord surpris ou choqué : la nomination d'office
d'un avocat (p. 65), la solitude de la vie en prison (p. 78) ou
la déclinaison de son identité lors de son procès (p. 87). Il
est sans cesse embarrassé à l'idée de n'avoir pas fait ce
qui convenait (p. 12 : « ... j'étais gêné parce que je sentais
que je n'aurais pas dû dire cela »). Plus encore, il est choqué de ne pas voir ces codes respectés : « En somme, je
n'avais pas à m'excuser. C'était plutôt à lui de me présenter ses condoléances » (p. 9).

▶ Par ailleurs, la sensualité si affirmée de Meursault est,
elle aussi, toute relative. Meursault, qui s'affirme « tourmenté par le désir d'une femme » (p. 78), écrit plus loin :
« Pour la première fois depuis bien longtemps, j'ai pensé
à Marie » (p. 115). Et il s'adapte de même à la privation de
cigarettes (p. 78) et même de liberté (« À part ces ennuis,
je n'étais pas trop malheureux », p. 79). Peut-on également concilier son apparent hédonisme avec la négli-
gence qu'il accorde à ses repas ?

■ **Commenter la façon dont Meursault parle de ses relations
sexuelles avec Marie.**

▶ Quant aux éléments naturels dans lesquels Meursault
semble si bien se fondre, ils ne sont pas toujours conno-
tés positivement. C'est évident pour le soleil, le plus

souvent insupportable, pour Meursault comme pour les autres personnages, que ce soit lors des obsèques, du procès, et plus encore, bien sûr, lors du meurtre de l'Arabe. Mais l'eau elle-même se charge parfois de valeurs négatives : « ... j'avais la bouche brûlée par l'amertume du sel » (p. 39), à tel point que les deux éléments, mer et soleil, se conjuguent le plus souvent pour exercer un effet violent : « Le soleil tombait presque d'aplomb sur le sable et son éclat sur la mer était insoutenable » (p. 56). Meursault parle ainsi un peu plus loin de « la pluie aveuglante qui tombait du ciel » (p. 60).

Qu'il s'agisse de l'image qu'il donne de la nature ou de celle qu'il donne de la société, Camus s'est gardé de tout symbolisme facile, de tout schématisme, et Meursault n'est pas plus une réplique de l'Ingénu que de qui que ce soit d'autre. Le personnage, comme toute l'œuvre, ne cesse de se dérober.

■ **Quelle image des femmes se dégage du roman ?**

La justice

En tant que journaliste, Camus a souvent eu l'occasion d'assister à des procès. Farouche adversaire, d'autre part, de la peine de mort, il trouve dans le roman le support d'une critique incisive de l'institution judiciaire. Cette dimension, quoique secondaire, n'est nullement négligeable.

● Il est vrai que, d'un point de vue réaliste, le récit du procès fourmille d'**invraisemblances**. Il est impossible que le patron de Meursault ne témoigne pas à la barre, ou que son avocat plaide aussi peu la légitime défense; plus impossible encore que, compte tenu du contexte, il se trouve condamné à mort pour le meurtre d'un Arabe.

Mais, d'une part, la logique de tout le roman repose sur cette combinaison de non-réalisme et d'effet de réel, et d'autre part, le projet de Camus est aussi de se livrer à une **interrogation sur la justice** et son fonctionnement. De ce point de vue, l'habileté de Camus consiste notamment à présenter un personnage dont la culpabilité est indiscutable, mais dont la condamnation ne reçoit aucune justification, pour toutes sortes de raisons.

❭ D'abord parce que ce n'est pas pour ce meurtre qu'il est condamné — à tel point d'ailleurs que personne, à aucun moment, n'évoque la figure de la victime —, mais pour « n'avoir pas joué le jeu » et n'avoir pas pleuré à l'enterrement de sa mère.

❭ Ensuite, parce que le procès obéit à une sorte de rite préétabli, dépourvu de toute signification réelle, mais auquel il est convenu de se conformer. Le discours des uns et des autres, entièrement stéréotypé, suscite surprise et interrogations chez Meursault. Inversement, le président du tribunal se déclare, et pour cause, incapable de comprendre le système de défense de celui-ci (p. 103)

■ **Comment Camus insiste-t-il sur l'inaptitude de Meursault à se défendre? Pourquoi?**

Conformément à un procédé courant dans la littérature, Camus décrit le procès à travers la conscience d'un personnage qui ne connaît rien aux codes en vigueur. Meursault s'étonne de certaines pratiques, ainsi que du discours de ses juges et des termes qu'ils emploient : « ... le président m'a dit dans une forme bizarre que j'aurais la tête tranchée sur une place publique au nom du peuple français » (p. 107). C'est à une **mise à plat** des discours et des codes que nous assistons ici.

■ Comparer le procès de Meursault et celui de Champmathieu dans *Les Misérables* de Victor Hugo (Ire partie, livre VII, chap. ıx).

● Il est impossible, au sens strict, de juger Meursault. Camus tire un parti nouveau et inattendu de la présentation contradictoire ou incohérente de son personnage. Meursault échappe à toute logique, quelle qu'elle soit : comment pourrait-on juger un être qui se dérobe à ce point à toute appréciation ? « Sans doute, je ne pouvais pas m'empêcher de reconnaître qu'il avait raison. Je ne regrettais pas beaucoup mon acte. Mais tant d'acharnement m'étonnait. J'aurais voulu essayer de lui expliquer cordialement, presque avec affection, que je n'avais jamais pu regretter vraiment quelque chose [...]. Mais naturellement, dans l'état où l'on m'avait mis, je ne pouvais parler à personne sur ce ton » (p. 101). Meursault demeure **inconnaissable** et donc impossible à juger.

L'absurde

● La tentation est grande d'envisager *L'étranger*, ainsi que le fait Sartre, comme l'illustration de la philosophie de l'absurde exposée dans *Le mythe de Sisyphe*, et, de fait, les conditions de sa composition peuvent encourager une telle lecture. En effet, la rédaction de ces deux œuvres est contemporaine de celle de *Caligula*; Camus souhaitait les voir publiées en même temps et parle à leur propos des « trois absurdes »

Déjà à propos de *La nausée* de Sartre, paru en 1938, Camus écrivait : « Un roman n'est jamais qu'une philosophie mise en images. »

■ **Ce passage du *Mythe de Sisyphe* peut-il corroborer cette impression à propos de *L'étranger* : « Il arrive que les décors s'écroulent. Lever, tramway, quatre heures de bureau ou d'usine, repas, tramway, quatre heures de travail, repas, sommeil et lundi mardi mercredi jeudi vendredi et samedi sur le même rythme, cette route se suit aisément la plupart du temps. Un jour seulement, le "pourquoi" s'élève et tout commence dans cette lassitude teintée d'étonnement. "Commence", ceci est important. La lassitude est à la fin des actes d'une vie machinale, mais elle inaugure en même temps le mouvement de la conscience »?**

Meursault ne dit pas autre chose : « J'ai répondu qu'on ne changeait jamais de vie, qu'en tout cas toutes se valaient [...]. Quand j'étais étudiant, j'avais beaucoup d'ambitions de ce genre. Mais quand j'ai dû abandonner mes études, j'ai très vite compris que tout cela était sans importance réelle » (p. 46). C'est encore ce qu'il s'écrie lors de la visite de l'aumônier : « J'avais vécu de telle façon et j'aurais pu vivre de telle autre. J'avais fait ceci et je n'avais pas fait cela. J'avais fait telle chose alors que j'avais fait cette autre. Et après? [...] Rien, rien n'avait d'importance et je savais bien pourquoi » (p. 120). Camus placera dans la bouche de Caligula des affirmations similaires.

La philosophie païenne qui en découle logiquement à la fin est aussi celle de l'essai philosophique : « ... devant cette nuit chargée de signes et d'étoiles, je m'ouvrais

pour la première fois à la tendre indifférence du monde »
(p. 122).

● Une telle lecture, très datée, est indissociable des
esthétiques, des philosophies et des systèmes dramatur-
giques de l'après-guerre, ainsi que de l'amoralisme gidien,
héritages contre lesquels Camus s'est toujours lui-même
inscrit en faux. En procédant ainsi, on ne se contente pas
de plaquer hâtivement une grille commode sur le texte,
on n'en retient que certains aspects, au détriment d'autres largement aussi importants.

❯ L'attitude du héros absurde, telle qu'on peut la rencontrer dans des œuvres aussi diverses que *Les possédés* de Dostoïevski, *La nausée* de Sartre, ou *Caligula* et *La
peste* de Camus lui-même, est toujours, quelles que
soient ses modalités, celle d'une quête de type méta-
physique. Or, rien n'est plus étranger à Meursault qu'une
telle démarche. Il n'y a chez lui ni interrogation, ni quête,
ni révolte, ni même prise de conscience, et ce n'est ni par
défi ni par souci de démontrer quoi que ce soit que Meursault parle et agit ainsi qu'il le fait, même lors de la scène
finale.

Une fois de plus, il convient de relire les commentaires
de Camus lui-même, les plus éclairants qui soient : « Avec
l'aumônier, mon Étranger ne se justifie pas. Il se met en
colère, c'est très différent. [...] Remarquez d'autre part
qu'il n'y a pas rupture dans mon personnage. Dans ce
chapitre comme dans tout le reste du livre, il se borne à
répondre aux questions » (*Carnets*. C'est Camus qui souligne).

■ **Comparer Meursault avec un ou plusieurs des personnages** suivants : Kirilov (*Les possédés*), Roquentin (*La nausée*), Tarrou (*La peste*), Caligula.

▶ De plus, toute la logique interne du roman interdit cette interprétation schématique. Nous avons affaire à un roman paradoxal, mouvant et inclassable. Y voir la mise en œuvre fictionnelle d'une philosophie de l'absurde reviendrait à en faire un roman à thèse. Réduire cette œuvre à ce projet, c'est supposer qu'elle mettrait en scène une idée abstraite et que la fiction n'aurait qu'une valeur ornementale, destinée à rendre plus plaisante la transmission du message. Quel serait alors ce message ? L'« absurde » ?

■ **Meursault utilise une seule fois ce terme d'« absurde » : à la fin du roman, pour qualifier sa vie (p. 120). Comment convient-il d'interpréter ce propos ?**

Camus lui-même nous dit : « [Meursault] n'affirme jamais rien » (*Carnets*). Son roman est conçu, entre autres choses, afin de produire un effet de malaise et de **susciter** chez le lecteur toutes sortes d'interrogations, non pour prétendre apporter une réponse toute faite. Il avait d'ailleurs dénoncé par avance le caractère réducteur d'une telle lecture : « Conclusion : la société a besoin de gens qui pleurent à l'enterrement de leur mère ; ou bien on n'est jamais condamné pour le crime qu'on croit. D'ailleurs je vois encore dix autres conclusions possibles » (*Carnets*).

Cette vision suppose en outre de prêter à Meursault un degré de conscience et une lucidité qu'il est très loin d'avoir. L'**existence quasi végétative** qu'il mène en prison semble fort bien lui convenir : « J'ai souvent pensé alors que si l'on m'avait fait vivre dans un tronc d'arbre

169

sec, sans autre occupation que de regarder la fleur du ciel au-dessus de ma tête, je m'y serais peu à peu habitué » (p. 77). On est aussi loin de la révolte de l'homme absurde décrite dans *Le mythe de Sisyphe* ou présentée dans *Caligula*, que de la prise de conscience progressive de Roquentin, le héros de *La nausée*. Meursault est un personnage trop contradictoire, et *L'étranger* un roman trop plein d'ambiguïtés, pour qu'on puisse le réduire à l'illustration d'une philosophie, quelle qu'elle soit.

4. DIVERS

Roman, théâtre et cinéma ▪ Sujets de travaux écrits ▪ Conseils de lecture.

Roman, théâtre et cinéma

Un projet d'adaptation théâtrale aurait été soumis à Camus en 1954. Loin d'y être hostile, Camus suggéra simplement quelques rectifications, mais le projet ne put voir le jour. On trouvera le texte de sa réponse dans le livre de Bernard Pingaud sur *L'étranger* (Foliothèque n° 22, p. 190-192) et le brouillon de celle-ci dans les *Essais* (Bibliothèque de la Pléiade, p. 1611).

Finalement, *L'étranger* fut porté à deux reprises à la scène : d'abord par Alain Illel en 1986, puis par Robert Azencott en 1987 (prix du festival off d'Avignon).

Le roman fut adapté à l'écran en 1967 par Luchino Visconti, avec Marcello Mastroianni dans le rôle de Meursault. Le film n'obtint qu'un succès médiocre.

Il existe par ailleurs un enregistrement de la lecture que Camus a faite lui-même de *L'étranger* (disques Adès T S 30 L A 606, Archives de la Radiodiffusion Télévision française).

Sujets de travaux écrits

◆ Commenter et discuter cette affirmation de Sartre dans son article sur *Aminadab* de Maurice Blanchot (*Situations I*, p. 126) : « Quant aux fins que poursuit notre

171

espèce, comment les qualifier, sinon par rapport à d'autres fins ? Je puis espérer, à la rigueur, connaître un jour le détail du mécanisme qui m'entoure, mais comment l'homme pourrait-il juger le monde total, c'est-à-dire le monde avec l'homme dedans ? Pourtant j'ai l'ambition de connaître le dessous des cartes, je voudrais contempler l'humanité comme elle est. L'artiste s'entête, quand le philosophe a renoncé. Il invente des fictions commodes pour nous satisfaire : Micromégas, le bon sauvage, le chien Riquet ou cet "Étranger" dont nous parlait récemment M. Camus, purs regards qui échappent à la condition humaine et, de ce fait, peuvent l'inspecter. Aux yeux de ces anges, le monde humain est une réalité *donnée*, ils peuvent dire qu'il est ceci ou cela et qu'il pourrait être autrement ; les fins humaines sont contingentes, ce sont de simples faits que les anges considèrent comme nous considérons les fins des abeilles et des fourmis. »

◆ En s'appuyant sur une analyse de l'exploitation de l'espace et du temps, de la présentation et de l'apparition des personnages, et de la succession des scènes, dégager dans quelle mesure l'expérience que Camus avait du théâtre est sensible dans la composition de *L'étranger*.

◆ Peut-on parler d'un amoralisme de Meursault ?

◆ Quels sont les différents arguments développés par l'avocat de Meursault et par le procureur général ? Imaginer les différents arguments dont son avocat aurait pu se servir, et les rédiger sous forme de plaidoirie.

◆ Comparer le réquisitoire contre la peine de mort à l'œuvre dans *L'étranger* et celui que constitue *Le dernier jour d'un condamné* de Victor Hugo.

◆ Étudier l'importance et le rôle de l'argent dans *L'étranger*.

Conseils de lecture

◆ On se référera aux deux volumes des œuvres de Camus dans la Bibliothèque de la Pléiade (Gallimard).

Pour en savoir davantage :

◆ Sur l'œuvre de Camus :

Morvan Lebesque, *Camus par lui-même*, Le Seuil, coll. « Écrivains de toujours », 1963.

Roger Quilliot, *La mer et les prisons*, Gallimard, 1970. Par l'auteur de l'édition publiée dans la Bibliothèque de la Pléiade, l'un des meilleurs livres que aient été consacrés à Camus.

◆ Sur *L'étranger* :

Jean-Paul Sartre, « Explication de *L'étranger* », *Situations I*, Gallimard, coll. « Folio Essais », 1947, p. 92-112. La plus célèbre étude sur *L'étranger*, qui en a infléchi durablement la lecture. On lira également avec profit dans le même recueil l'article que Sartre a consacré à *Aminadab* de Maurice Blanchot, et dont plusieurs passages peuvent jeter une lumière intéressante sur *L'étranger*.

Pierre-Louis Rey, *L'étranger*, Hatier, coll. « Profil d'une œuvre », 1991. Une étude de synthèse très complète et très accessible

Bernard Pingaud, *L'étranger*, Gallimard, coll « Foliothèque », 1992. Une approche personnelle, riche et très documentée.

Françoise Bagot, *Albert Camus : L'étranger*, PUF, coll
« Études littéraires », 1993. L'une des meilleures et des
plus complètes études synthétiques sur le roman de
Camus

L'ÉTRANGER   7
Notes   123

DOSSIER

1. Contextes   127

Repères chronologiques   127
Genèse   130
Contexte historique   132

2. Aspects du récit   133

Le titre   133
La structure   134
Une œuvre paradoxale   136
L'espace   139
Le temps   143
La forme narrative   146
La langue de *L'étranger*   152
Le personnage   153

3. Thématique   159

Nature et société   159
La justice   164
L'absurde   166

4. Divers   171

Roman, théâtre et cinéma   171
Sujets de travaux écrits   171
Conseils de lecture   173

DU MÊME AUTEUR

Aux Éditions Gallimard

L'ENVERS ET L'ENDROIT, *essai* (Folio essais n° 41).

NOCES *suivi de* L'ÉTÉ, *essais* (Folio n° 16).

L'ÉTRANGER, *roman* (Folio n° 2).

LE MYTHE DE SISYPHE, *essai* (Folio essais n° 11).

LE MALENTENDU *suivi de* CALIGULA, *théâtre* (Folio n° 64 et Folio théâtre n° 6 et n° 18).

LETTRE À UN AMI ALLEMAND (Folio n° 2226).

LA PESTE, *récit* (Folio n° 42).

L'ÉTAT DE SIÈGE, *théâtre* (Folio théâtre n° 52).

ACTUELLES : (Folio essais n° 305).
    I. Chroniques 1944-1948.
    II. Chroniques 1948-1953.
    III. Chroniques algériennes 1939-1958.

LES JUSTES, *théâtre* (Folio n° 477).

L'HOMME RÉVOLTÉ, *essai* (Folio essais n° 15).

LA CHUTE, *récit* (Folio n° 10).

L'EXIL ET LE ROYAUME, *nouvelles* (Folio n° 78).

DISCOURS DE SUÈDE (Folio n° 2919).

CARNETS :
    I. Mai 1935-février 1942.
    II. Janvier 1942-mars 1951.
    III. Mars 1951-décembre 1959.

JOURNAUX DE VOYAGE.

CORRESPONDANCE AVEC JEAN GRENIER.

RÉFLEXIONS SUR LA PEINE CAPITALE (Folio n° 3609).

JONAS OU L'ARTISTE AU TRAVAIL (Folio n° 3788).

Adaptations théâtrales

LA DÉVOTION À LA CROIX de Pedro Calderón de la
Barca.

LES ESPRITS de Pierre de Larivey.

REQUIEM POUR UNE NONNE de William Faulkner.

LE CHEVALIER D'OLMEDO de Lope de Vega.

LES POSSÉDÉS de Dostoïevski.

Cahiers Albert Camus

    I. LA MORT HEUREUSE, *roman.*
   II. Paul Viallaneix : *Le premier Camus,* suivi d'*Écrits de
      jeunesse d'Albert Camus.*
  III. *Fragments d'un combat* (1938-1940) – Articles d'*Alger
      Républicain.*
  IV. CALIGULA (version de 1941), *théâtre.*
   V. *Albert Camus : œuvre fermée, œuvre ouverte?* Actes du
      colloque de Cerisy (juin 1982).
  VI. Albert Camus éditorialiste à *L'Express* (mai 1955-février
      1956).
 VII. LE PREMIER HOMME (Folio n° 2920).

Bibliothèque de la Pléiade

THÉÂTRE, RÉCITS ET NOUVELLES.

ESSAIS.

Aux Éditions Calmann-Lévy

RÉFLEXIONS SUR LA GUILLOTINE, *in* : Réflexions sur
la peine capitale, de Camus et Kœstler, *essai.*

À l'Avant-Scène

UN CAS INTÉRESSANT, adaptation de Dino Buzzati,
théâtre.

final exe
17, 2006 (wednesday)

Time: 8-9 A
otc class meets To disclose
Examresult = may 22-2006
(manday)

comp

Composition Euronumérique.
Impression Société Nouvelle Firmin-Didot
à Mesnil-sur-l'Estrée, le 8 novembre 2004.
Dépôt légal : novembre 2004.
1ᵉʳ dépôt légal dans la collection : mars 1996.
Numéro d'imprimeur : 70934.

ISBN 2-07-039371-2/Imprimé en France.

134066